云锦人生

青岛市文学艺术界联合会 编
名誉主编 耿林莽 主编 王泽群
副主编 韩嘉川 栾承舟
本册主编 霜扣儿

青岛出版社
QINGDAO PUBLISHING HOUSE

本书编委会

总　序

回望百年　美不胜收

耿林莽

第一位将域外散文诗译介到中国来的作家，是刘半农。早在1915年，他便在《中华小说界》第2卷第7号上发表了以《杜谨纳夫之名著》为题的四篇散文诗，“杜谨纳夫”即屠格涅夫。中国第一位创作散文诗的，也是刘半农。他的第一篇散文诗《晓》，发表在1918年《新青年》杂志第5卷第2期上。当时，他也许不是有意写的，但这个《晓》对于黎明初降时的诗意描绘，却恰恰成为中国散文诗诞生的一个极具蓬勃生命力的美好象征。虽属巧合，但也算是百年散文诗史上的一段佳话。

这篇《晓》仿佛是一声雄鸡的报晓，迅即唤起文学界散文诗创作的热潮。“五四”时期，文学界先锋人物对新生事物是很敏感的，当时几乎所有一流作家都投入到这一新兴文体的创作，鲁迅、郭沫若、茅盾、巴金、冰心、朱自清、沈尹默、郑振铎、周作人、王统照、徐志摩、许地山、焦菊隐、徐玉诺，等等，皆有散文诗佳作，真的是热闹非常。可以说，中国散文诗这一新文体，拥有一个极富尊严、充满朝气的草创期。当然由于作家们初涉这种文体,对其了解难免粗浅,有些作品质量不高,也是正常现象。直到鲁迅的《野草》问世,局面才有所改观。

早在1919年,鲁迅就以神飞为笔名,在《国民公报》副刊《新文艺》上发表了一组散文诗《自言自语》,形式上与流行散文诗相近。由此可见,他也是中国最早投入到散文诗创作的作家之一,对这一新兴文体,早已心怀敬意充满热情。《野草》的问世则是其散文诗形成自身独特风格,和中国散文诗由幼稚走向成熟的一个标志。它不仅是中国散文诗的一座高峰,在世界散文诗史上,也是一座丰碑。说它是高峰,是丰碑,除其展现了作者深厚的文学素养与不同凡响的语言造诣等艺术上的因素外,更重要的是它展示了散文诗这一文体的美学特质,扭转了人们对它的误解。误解包含:认为它不过是一些华丽词语的堆砌,小资情调的抒发,个人心境与身边琐事的笔现。其实并非如此,孙玉石先生在他的《〈野草〉与中国现代散文诗》一文中告诉我们:《野草》启示人们要把人的诗情与时代的斗争紧密联系起来;内心矛盾的严峻解剖和象征方法的完美运用,形成了《野草》这部散文诗集充满诗意而又富于哲理,幽远奇峻而又凝练深警的抒情色彩。譬如,在《过客》这篇寓言式的以戏剧形式展开的诗境中,渗透了生命意识无比辉煌的力量,和一种崇高悲剧美的苍凉与悲壮。无论前面是野地,是坟,是黄昏,是黑夜,“我只得走,我还是走好吧……”他“即刻昂起了头,愤然向死走去”,这便是“过客”的形象,鲁迅为我们塑造了一个不朽的“知其不可为而为之”的战士和诗人的典型形象。

《野草》发表之后的20世纪30年代,有学者认为散文诗创作进入了低谷，我觉得并非如此，相反，与草创期相比，她呈现出渐趋成熟的态势。草创期虽然大家云集，气氛热烈，不少人不过是偶尔为之，浅尝辄止，对散文诗文体的认识也不够深刻，这是很自然的现象。30 年代出现了专业性散文诗作家，如何其芳、丽尼、陆蠡、马国亮等，他们的作品已经相当成熟地显示了散文诗的美学优势，特别是何其芳的《画梦录》。这部作品原本是以散文集名义出版，且获得《大公报》文学奖的殊荣，然而人们因其浓郁的抒情性魅力和突出的诗美意境，普遍地将其视为优秀的散文诗样本，它在当时产生了很大影响。

20 世纪 30 年代末期到 40 年代，抗日战争和解放战争期间，文艺作品服务于斗争需要成为必然。作为散文诗自身的文体发展，基本上稳定地延续了前期风格，没有出现太大变化。郭风和刘北汜编选的一套《曙前散文诗丛书》，收入田一文、莫洛、羊翚、彭燕郊、刘北汜、叶金、陈敬容等人的作品，大体可以呈现这一时期散文诗的面貌。新中国成立以后，形势大变，散文诗以郭风的《叶笛》和柯蓝的《早霞短笛》为代表，吹响了时代的最强音。笛声中洋溢着明朗、欢快和昂扬的朝气，体现了当时人们的喜悦与乐观情绪。不过，1957 年流沙河因《草木篇》，徐成淼因《劝告》而遭受的打击和苦难，却也在散文诗史上留下了一抹记忆的暗影。再以后便是“文革”横扫一切的风暴，散文诗沦入长达十多年的“空白期”。其间，许多人因散文诗而惨遭批判和迫害，即使柯蓝的《早霞短笛》那样洋溢着歌颂与赞美的作品，也未能逃脱姚文元棍棒的打击。

苍天有眼，否极泰来。改革开放以后，散文诗迅即复苏，随后便是空前的繁荣。在 20 世纪 80 年代文学进入复苏的大背景下，柯蓝、郭风等人为散文诗四处奔走游说，推动了散文诗的振兴，这固然是重要的因素，但更关键的是整个文化环境趋向宽松。经过30多年的蓬勃发展，中国散文诗已经进入了成熟和丰收的繁荣期。一大批老中青散文诗作家不断涌现，优秀作品层出不穷，美不胜收，以及发表阵地不断扩大，诗集、选集、年选、丛书大量出版，理论研讨、评奖活动十分活跃，如此等等，真的是史无前例。种种情况，难以赘述，读者从这部《中国散文诗一百年大系》中，自会有直接的感受。

且让我们来一睹这部《中国散文诗一百年大系》的风采。

王泽群是一位散文诗作家，虽然他并非以散文诗为创作主项，但对散文诗事业却十分热心。为了纪念中国散文诗的百年诞辰，他倡议、策划、组织了《中国散文诗一百年大系》这部大型丛书的出版，邀请了韩嘉川、何敬君、栾承舟、栾纪曾、王亚平、雨倾城、高伟和霜扣儿八位诗人参与编选，第一本拟选入百年中有代表性的经典作品，这是一个规模宏大的工程。策划中决定的丛书任务，一是为百年散文诗的经历提供一份可资参考的作品史料；二是为读者推荐百年来的优秀散文诗作品。后者应是主要目标，因为绝大多数读者的兴趣，毕竟是在优秀散文诗的阅读欣赏方面。

悠悠百年，作品浩繁，大海捞针，百里挑一，编选工作的难度可想而知。早期作品的挑选难度在于资料匮乏，即作品少；当代作品的挑选难度在于作品多。面对这一实际情况，在选入作品的分量上，自然是今多昔少，这其实亦属必然。后来者居上，散文诗百年的发展，质量的逐步提升是必然的趋势，选入的当代优秀作品，包括一些年轻作家的作品，其美学高度已远超前人，这一点读者从大系中将会获得印证。

面对百年,尤其是当代散文诗,编选过程中的体验与思考颇多。择其要者,略述一二,向读者做一汇报。

1. 散文诗的文体属性问题,在国外,是很明确的。散文诗的开创者之一波德莱尔在谈及《巴黎的忧郁》时说:“总之,这还是《恶之花》,但更自由、细腻、辛辣。”《恶之花》是诗集,那么《巴黎的忧郁》也是诗,是明确无误的了。国外的许多诗人,都把散文诗与分行诗一齐收入诗集出版,也是一个明证。但是在中国,多年流行的一种观点则是,散文诗是诗与散文的杂交品种,或边缘文体,也就是说,散文诗既可以是诗,也可以是散文,或诗或文,亦诗亦文。这就在很长时期中,对作者和读者造成了属性模糊不清的印象,许多人将短小的抒情散文误认成散文诗,导致一些散文诗严重散文化的倾向,对散文诗的发展十分不利。当代散文诗的后期,散文诗本质是诗的观念才得以确定。散文诗是自由诗的发展,为了强化诗的表现力,引入复杂情节而将散文的因素融入其中;散文是以“移民”的身份被吸入并加以改造而为其服务的。我提出“化散文”而不是“散文化”的观念,得到人们的共识。现在,散文诗已被公认为是归属于大诗歌谱系,与自由诗、古体诗并立的三大诗体之一。中国作协鲁迅文学奖的诗歌项目,也是这样安排的,这说明散文诗的文体归属问题,终于尘埃落定了。这是当代散文诗顺利发展的一个重要因素。大系编选过程中,也是按此认识处理的。

2. 对于散文诗的产生,人们多从其艺术形式上考虑,很少关注到它的时代背景,其实这一点至关重要。《巴黎的忧郁》是在资本主义发达社会,商品化对人性扭曲与异化的背景下产生的,五十篇作品几乎全是“他者”忧郁的陈述,而非作者个人的哀愁或闲愁,更不是供人赏玩的“小摆设”之类。揭示疮疤,治疗疼痛,拯救灵魂,呼唤人性,这才是散文诗这一文体在内容上的本质属性。散文诗传入中国后,却一度出现了大量内容空虚,专门抒发个人情感的小资情调,甚至是无病呻吟的作品。矫揉造作,扭捏作态的不良诗风随之流行,这极大地损害了散文诗的声誉,引起一些人对这一文体的冷漠和非议。鲁迅的《野草》之所以可贵,正在于他以其关注时代、关注现实,以及凝重而深厚的社会内容,还散文诗应有的本质属性。经过多年努力,当代散文诗的主流走向,已逐渐归于正常。对于这一问题,我曾提出过“要沉甸甸,不要轻飘飘”的主张,是有针对性的,现在看来,或亦有其片面性。“沉甸甸”固然需要,“轻飘飘的”,即那些清浅之作,也自有其审美价值。对于这个问题,谢冕的《散文诗说》中有段话说得很好。他说:“这是青春的文体,优美、轻盈、灵动、隽永,还有始终如一的高雅,以及始终拒绝粗鄙化的坚守。从主要的表现形态来说,散文诗似一幅幅水墨山水画,淡淡的、浅浅的,如山间的云霞。”在这个问题上,时刻都不要忘记多样化的要求,大系的编选中,处理是恰当的。

3. 人们为什么爱读散文诗?是为了满足审美的需求。有人说“散文诗是美的尤物”,美文性是它的一大优势。因此,我们将美视为散文诗的依归。选编过程中,以美的追求为首要目标。较难处理的是美与意义的关系问题,在“文以载道”的观念深入人心的中国,人们对文学作品的教育意义,即思想性十分重视,散文诗亦然。在创作过程中,如果从意义出发,即所谓“主题先行”,容易使作品形成说教;如果以形象阐释思想,会削弱诗美吸引力。

要正确解决这个问题，还需从认识上入手。什么是美？美是真善美的统一，意义、思想不应该是对美的强加，而是其内在生命不可分割的组成部分。也就是说，美隐含着意义，严格地讲，没有意义的美是不存在的。我们常讲的“德智体美”，美本身便是一“育”。散文诗正是通过美的形体，给予读者以优美情操、健康思想和精神文化修养上潜移默化的影响而实现其“教育意义”的。理直气壮地将审美作为散文诗价值的核心来处理，是大系编选过程中所遵循的一条原则。

愿《中国散文诗一百年大系》搭起的这座桥梁，能帮助您抵达中国百年散文诗的彼岸，获得一次审美的满足。

序

长留云锦人生

霜扣儿

初接《云锦人生》分卷时,我的心是既窃喜又惆怅的。窃喜的是主题比较宽泛,为选择篇目提供了极大的场地,可以如鱼入水,四方迂回;惆怅的是“人生”好定,而云锦为何?这似是而非又百无定律的主题着实让我有些为难。几番思索之后,认定了如下标准——云,意为文本表述上不仅飘逸空灵,更要志存高远;锦,则意为慧心秀笔,出口珠玑。标准定了,相应的问题也随之而来,悲欢离合嬉笑怒骂皆文章,如何洞明这意义的真谛,提炼出金子一般的闪光点,使之形神意俱佳,步入散文诗的殿堂呢?

不到峰顶不知山风之烈,不入汪洋不知激流之深。梳理百年散文诗不是一件易事,但是在阅读收获上是十分巨大的。在这个有些负荷的搜集学习过程中,我沿着散文诗的筋骨,从百年前一直梳理到当下,可以说沿途气象万千,也令人感慨万千。一个甲子已是人生大轮回,何况百年岁月风云,世上诸事生发出来的模样与感受早已沧海桑田。时代的变幻导致文本也有了不尽相同甚至迥异的写法。但万变不离其宗，大浪淘沙，能够长久存留下来并且始终熠熠生辉的，永远是那些有真正辽阔的家国情怀的时代担当者，是那些以敏锐的爱意、痛觉第一时间感知民族福祸及人民忧患的，骨子里极具大义的文化者、思想者及布道者。

在通读大量散文诗年度选本时，有一个极为明显的感受，便是二三四十年代的散文诗人有着异乎寻常的精准、利落、切肤、锐意的雕刻式写作，有着令人赞叹并惊叹的明晰的生存经验及浓重的哲学要素。不管他们写的是烈火还是长河，是小路还是篱门，是烽火残城还是满树繁花，皆是坚韧而不生硬，柔情而不软靡，言简意赅，寓意贴切。尤其明显的是，即使是负情绪的章节，也能留有余音无穷的正能量的招引，这就是经典之所以能成为经典的原因。接下来一些年代的作品，亦是优中选优，精中选精，虽然时代不同，语言环境与人文环境在一定程度上决定了思维的走向与表达的方向甚至深浅，但真正优秀的散文诗人仍然独树一帜，以自我独特的纵深思考，成为这个队伍中的佼佼者。有的年代入选者不多，是由于彼年代文学创作整体处于并不旺盛时期，但起起伏伏中也仍有硕果可寻。

不管哪一个阶段，本卷所录选的文章都有一个共同点，那就是无论是理性的追寻求索，还是感性的临水描摹，他们都以一颗本真坦率的心，在文学的沃土上默默耕耘。这些作者都十分爱护自己的心灵家园与文字节操。这充分体现了散文诗作者整洁的人文精神和高雅的灵魂面目。身在红尘，却无市侩之相。虽有无限关怀心灵的悲欢，但从未放弃大踏步行走，去实现真正的生命价值，全面绽放他们人格之锦绣，文品之锦绣，德行之锦绣。

剔除浮华的说辞，说到底，写作是肉身与灵意在人间的一种神性相遇，是现实与幻境之间的衔接与拓展，是一场以万物之甘苦为起笔，直趋万物生灭之因由的拷问，这是一个美妙的过程，也是一个艰难的过程。它的基础功能是——于人有告示于己有慰藉，提高到大层次的写作目的，它就该具有令人炫目的精神上的光芒，以此提升与复活平凡萎缩的现实，从中理清自己与世界甚至与宇宙的联系。打开心胸，容纳四海八荒，不再妄谈个体的渺小与鄙薄，对自己文本中的一言一行竭尽全力赋予审慎与敬畏，使散文诗里的“我”更加丰富、立体、多维、高明。

散文诗发展至今天，在创作的品质与数量上都无疑有着日新月异的飞跃，经过反复甄别、筛选，三易其稿，最后留下本卷中的篇章。事无十全，难免挂一漏万，有沧海遗珠之憾。好在来日方长，散文诗舞台的大幕永远不会闭合，散文诗界一定会有更光明更辽阔的前途，让我们满怀信心，予以期待。

目　录

鲁 迅

鲁迅(1881—1936),本名周樟寿,周树人,浙江绍兴人。有二十卷本、十六卷本、十八卷本的《鲁迅全集》行世。1927 年出版散文诗集《野草》。

影的告别

人睡到不知道时间的时候,就会有影来告别,说出那些话:

有我所不乐意的在天堂里,我不愿去;有我所不乐意的在地狱里,我不愿去;有我所不乐意的在你们将来的黄金世界里,我不愿去。

然而你就是我所不乐意的。

朋友,我不想跟随你了,我不愿住。

我不愿意!

呜呼呜呼,我不愿意,我不如彷徨于无地。

我不过是一个影,要别你而沉没在黑暗里了。然而黑暗又会吞并我,然而光明又会使我消失。

然而我不愿彷徨于明暗之间,我不如在黑暗里沉没。

然而我终于彷徨于明暗之间,我不知道是黄昏还是黎明。我姑且举灰黑的手装作喝干一杯酒，我将在不知道时间的时候独自远行。

呜呼呜呼，倘若黄昏，黑夜自然会来沉没我；否则我就要在白天消失，如果现在是黎明。

朋友，时间近了。

我将在黑暗里彷徨于无地。

你还想我的赠品。我能献你什么呢？如无他，则仍是黑暗和虚空而已。但是，我愿意只是黑暗，或者会消失于你的白天；我愿意只是虚空，决不占据你的心地。

我愿意这样，朋友——

我独自远行，不但没有你，并且再没有别的影在黑暗里。只有我被黑暗沉没，那世界全属于我自己。

（选自《语丝》，1924 年 12 月 8 日第 4 期）

希　望

我的心分外地寂寞。

然而我的心很平和：没有爱憎，没有哀乐，也没有颜色和声音。

我大概老了。我的头发已经苍白，不是很明显的事吗？我的手颤抖着，不是很明显的事吗？那么，我的魂灵的手一定也颤抖着，头发也一定苍白了。

然而这是许多年前的事了。

这以前，我的心也曾充满过血腥的歌声：血和铁，火焰和毒，恢复和报仇。忽而这些都空虚了，但有时故意地填以无可奈何的自欺的希望。希望，希望，用这希望的盾，抗拒那空虚中暗夜的袭来，虽然盾后面也依然是空虚中的暗夜。然而就是如此，陆续地耗尽了我的青春。

我早先岂不知我的青春已经逝去了？但以为身外的青春固在：星，月光，僵坠的蝴蝶，暗中的花，猫头鹰的不祥之言，杜鹃的啼血，笑的渺茫，爱的翔舞……是悲凉缥缈的青春吧，然而终究是青春。

然而现在何以如此寂寞？难道连身外的青春也都逝去，世上的青年也多衰老了吗？

我只得由我来肉搏这空虚中的暗夜了。我放下了希望之盾，我听到 Petőfi Sándor（1823—1849）的“希望”之歌：

希望是什么？是娼妓。
她对谁都蛊惑，将一切都献给；
待你牺牲了极多的宝贝——
你的青春——她就弃掉你。

这伟大的抒情诗人，匈牙利的爱国者，为了祖国而死在哥萨克兵的矛尖上，已经七十五年了。悲哉死也，然而更可悲的是他的诗至今没有死。

但是，可惨的人生！桀骜英勇如 Petőfi，也终于对暗夜止步，回顾着茫茫的东方了。他说：

绝望之为虚妄,正与希望相同。

倘使我还得偷生在不明不暗的这“虚妄”中,我就还要寻求那逝去的悲凉缥缈的青春,但不妨在我的身外。因为身外的青春倘一消灭,我身中的迟暮也即凋零了。

然而现在没有星和月光,没有僵坠的蝴蝶以至笑的渺茫,爱的翔舞。然而青年们很平安。

我只得由我来肉搏这空虚中的暗夜了,纵使寻不到身外的青春,也总得自己来一掷我身中的迟暮。但暗夜又在哪里呢?现在没有星,没有月光以至笑的渺茫和爱的翔舞:青年们很平安,而我的面前又竟至于并且没有真的暗夜。

绝望之为虚妄,正与希望相同!

(选自《语丝》,1925 年 1 月 19 日第 10 期)

周作人

周作人（1885—1967），浙江绍兴人。著有《雨天的书》《谈虎集》《谈龙集》等。

画　梦

我是怯弱的人，常感到人间的悲哀与惊恐。

严寒的早晨，在小胡同里走着，遇见一个十四五岁的小姑娘，充血的脸庞隐过了自然的红晕，黑眼睛里还留着处女的光辉，但是正如冰里的花片，过于清寒了，——这悲哀的景象已经几乎近于神圣了。

胡同口外站着的候座的车夫，粗麻布似的手巾从头上包到下颌，灰尘的脸的中间，两只眼现出不测的深渊，仿佛又是冷灰底下的炭火，看不见地逼人，我的心似乎炙得寒战了。

我曾试我的力量，却还不能把院子里的蓖麻连根拔起。

我在山上叫喊，却只有反响回来，告诉我的声音的可痛地微弱。

我往何处去祈求呢？只有未知之人与未知之神了。

要去信托未知之人与未知之神，我的信心却又太薄弱一点了。

（选自《过去的生命》，北新书局，1929 年版）

刘半农

刘半农(1891—1934),本名寿彭,晚号曲庵,江苏江阴人。著有诗集《扬鞭集》《半农杂文》等。

静

心底里迸裂出来的声音,在小屋里激荡了一回,也就静了。

静了！鼠眼在冷梁上悄悄地闪,石油在小灯里慢慢地燃。

他俩也不觉得眼睛红,他俩早陪了十多天的夜了。他俩已经麻木,不再觉得肋胁下一丝丝的嗡着痛了。

沉寂的午夜,还是昨天午夜般的沉寂。

只更静,静得听得见屋顶里落下来的尘埃灰屑。

他忽然爆发似的说:"'黄叶不落青叶落!'去年先去了他的妻,今年他也去了。要去的去不了,不能去的可去了!"

她不响。灯光在她老眼中,金花似的舞;她眼前是黑雾般的一片模糊。

她对着床上躺着看！看！看！……她想:他真的去了吗？不还在屋中？耳朵里不分明还是他的呻吟？他的呼痛？……

他身上盖的被,怎么了？……不还是在波纹般的颤动？……

她想到三十年前,这拳头大的一个血泡儿,她怎样地捧着！

是！只是三十年前，很近！他两点漆黑的小眼，她还记得很清。

静！什么地方的野狗，一声——两声——

乌醒了，灯淡了，纸窗上的黎明，又幽幽地来了。

“怎么好？……只是二十多天的病，真的是梦也没做到！”

“他呢，完了！我们呢，也快了！只还留下个小的，不也就完了！”

静！纸窗上的黎明，幽幽淡淡的黎明……

乌沉沉的晨风，昨天般地吹来，近地处几片纸灰，打了个小旋儿，便轻轻地飘散了。

小巷中卖菜的声音，随着血红的朝阳，把睡着的一齐催醒。

破絮中的小的，也翻了个身，张开眼睛问：“公！婆！爸爸的病，想是轻了；他已不像昨天般地呻吟了！”

“………………”

白发，白须，人面，纸灰，一般的白。阶前慢慢地走着日影，颊上流着泪珠，一般的静，静……

一九二〇年，八月，十六日，伦敦

（选自《二十世纪中国经典散文诗》，长江文艺出版社，2005 年版）

郭沫若

郭沫若(1892 — 1978),本名郭开贞,四川乐山人。全部作品编成《郭沫若全集》38卷。

墓

昨朝我一人在松林里徘徊,在一株老松树下戏筑了一座沙丘。

我说,这便是我自己的坟墓了。

我便拣了一块白石来写上了我自己的名字,来做了墓碑。

我在墓的两旁还移种了两株稚松把它伴守。

我今朝回想起来,又一人走来凭吊。

但我已经走遍了这莽莽的松原,我的坟墓究竟往哪儿去了呢?

啊,死了的我昨日的尸骸哟,哭墓的是你自己的灵魂,我的坟墓究竟往哪儿去了呢?

一九二五年,十月,二十日

(选自《橄榄》,上海现代书局,1926年9月1日版)

许地山

许地山(1893—1941),名赞堃,字地山,笔名落花生,广东揭阳人。著有《空山灵雨》《达衷集》;译著有《二十夜问》《孟加拉民间故事》等。

山　响

群峰彼此谈得呼呼地响。它们的话语,给我猜着了。

这一峰说:“我们的衣服旧了,该换一换啦。”

那一峰说:“且慢吧,你看,我这衣服好容易从灰白色变成青绿色,又从青绿色变成珊瑚色和黄金色,——质虽是旧的,可是形色还不旧。我们多穿一会吧。”

正在商量的时候,它们身上穿的,都出声哀求说:“饶了我们,让我们歇歇吧。我们的形态都变尽了,再不能为你们争体面了。”

“去吧,去吧,不穿你们也算不得什么。横竖不久我们又有新的穿。”群峰都出着气这样说。说完之后,那红的、黄的彩衣就陆续褪下来了。

我们都是天衣,那不可思议的灵,不晓得什么时候要把我们穿着得非常破烂,才把我们收入天橱。愿他多用一点气力,及时用我们,使我们得以早早休息。

(选自《空山灵雨》,商务印书馆,1925 年版)

海

我的朋友说:“人的自由和希望,一到海面就完全失掉了!因为我们太不上算,在这无涯浪中无从显出我们有限的能力和意志。”

我说:“我们浮在这上面,眼前虽不能十分如意,但后来要遇着的,或者超乎我们的能力和意志之外。所以在一个风狂浪骇的海面上,不能准说我们要到什么地方就可以到什么地方;我们只能先把性命保住,随着波涛颠来簸去便了。”

我们坐在一只不如意的救生船里,眼看着载我们到半海就毁坏的大船渐渐沉下去。

我的朋友说:“你看,那要载我们到目的地的船快要歇息去了!现在在这茫茫的空海中,我们可没有主意啦。”

幸而同船的人,心忧得很,没有注意听他的话。我把他的手摇了一下说:“朋友,这是你纵谈的时候吗?你不帮着划桨吗?”

“划桨吗?这是容易的事。但要划到哪里去呢?”

我说:“在一切的海里,遇着这样的光景,谁也没有带着主意下来,谁也脱不了在上面泛来泛去。我们尽管划吧。”

(选自《小说月报》,1922年5月第13卷第5号)

徐玉诺

徐玉诺(1894—1958),又名言信,笔名红蠖,河南鲁山人。著有诗集《将来之花园》和《雪朝》,短篇小说集《朱家坟夜话》(1958年)。

记　忆

一

人类生活着,如同小羊跑进草场一样,可以不经意地把各色各样的草吃在肚里,等到晚上卧在牢圈里,再一一反嚼出来,觉出那些甜,苦,酸辛……

人类也同小羊一样愚笨;总不能在现在里尝出甘,或苦的记忆!或者这些甘,苦更不一定!

……

为什么我在寂寞中反刍?

为什么我肚中有这么多苦草呢?

二

人类又同画家一样;可以不经意地画些松树,浅草,小狐,耗子，在他周围的墙面上。

后来这些小松树，小草叶，小狐狸，小耗子都中了魔术，都像刺针一般，妖怪一般怒目相待他的主人。

这就是人类自己的魔鬼。

海　鸥

世界上自己能够减轻负担的，再没胜过海鸥的了。

她能把两翼合起来，头也缩进在一翅下，同一块木板似的漂浮在波浪上；可以一点也不经知觉——连自己的重量也没有。

每逢太阳出来的时候，总乘着风飞啊飞。

但是随处落下，仍是她的故乡——没有一点特殊的记忆，一样是起伏不定的浪。

在这不能记忆的海上，她吃，且飞，且鸣，且卧……从生一直到死……

愚笨的，没有尝过记忆的味道的海鸥呵！你是宇宙间最自由不过的了。

（选自《将来之花园》，商务印书馆，1922 年 8 月版）

茅　盾

茅盾(1896—1981),本名沈德鸿,字雁冰,浙江桐乡人。著有长篇小说《子夜》《蚀》三部曲,中篇小说《三人行》,短篇小说《林家铺子》《春蚕》等。

雾

雾遮没了正对着后窗的一带山峰。

我还不知道这些山峰叫什么名儿。我来此的第一夜就看见那最高的一座山的顶巅像钻石装成的宝冕似的灯火。那时我的房里还没有电灯,每晚上在暗中默坐,凝望这半空的一片光明,使我记起了儿时所读的童话。实在的呢,这排列得很整齐的依稀分为三层的火球,衬着黑魆魆的山峰的背景,无论如何,是会引起非人间的缥缈的思想的。

但在白天看来,却就平凡得很。并排的五六个山峰,差不多高低,就只最西的一峰戴着一簇房子,其余的仅只有树;中间最大的一峰竟还有濯濯的一大块,像是癞子头上的疮疤。

现在那照例的晨雾把什么都遮没了;就是稍远的电线杆也躲得毫无影踪。

渐渐地太阳光从浓雾中钻出来了。那也是可怜的太阳呢!光是那样的淡弱。随后它也躲开,让白茫茫的浓雾吞噬了一切,包围了大地。

我诅咒这抹杀一切的雾!

我自然也讨厌寒风和冰雪。但和雾比较起来,我是宁愿后者呵!寒风和冰雪的天气能够杀人,但也刺激人们活动起来奋斗。雾,雾呀!只使你苦闷,使你颓唐阑珊,像陷在烂泥淖中,满心想挣扎,可是无从着力呢!

傍午的时候,雾变成了牛毛雨,像帘子似的老是挂在窗前,两三丈以外,便只见一片烟云——依然遮抹一切,只不过是雾样的罢了。没有风,门前池中的残荷梗时时忽然急剧地动摇起来,接着便有红鲤鱼活泼泼地跳跃划破了死一样平静的水面。

我不知道红鲤鱼的轨外行动是不是为了不堪沉闷的压迫?在我呢,既然没有杲杲的太阳,便宁愿有疾风大雨,很不耐这愁雾身后的牛毛雨老是像帘子一样挂在窗前。

(选自《小说月报》,1929 年 2 月 10 日第 20 卷第 2 号)

徐志摩

徐志摩(1896—1931),本名章垿,字槱森,浙江海宁人。著有诗集《志摩的诗》《翡冷翠的一夜》,散文集《自剖》《巴黎的鳞爪》等。

白 旗

来,跟着我来,拿一面白旗在你们的手里——不是上面写着激动怨毒,鼓励残杀字样的白旗,也不是涂着不洁净血液标记的白旗,也不是画着忏悔与咒语的白旗(把忏悔画在你们的心里)。

你们排列着,噤声的,严肃的,像送丧的行列,不容许脸上留存一丝的颜色,一毫的笑容,严肃的,噤声的,像一队决死的兵士。

现在时辰到了,一齐举起你们手里的白旗,像举起你们的心一样,仰看你们头顶的青天,不转瞬的,恐慌的,像看着你们自己的灵魂一样。

现在时辰到了,你们让你们熬着、壅着、迸裂着、沸腾着的眼泪流、直流、狂流、自由地流、痛快地流、尽兴地流、像山水出峡似的流,像暴雨倾盆似的流……

现在时辰到了,你们让你们咽着、压迫着、挣扎着,汹涌着的声音嚎、直嚎、狂嚎、放肆地嚎、凶狠地嚎、像飓风在大海波涛间的嚎,像你们丧失了最亲爱的骨肉时的嚎……

现在时辰到了，你们让你们恢复了的天性忏悔，让眼泪的滚油煎净了的，让嚎恸的雷霆震醒了的天性忏悔，默默地忏悔、悠久地忏悔、沉彻地忏悔，像冷峭的星光照落在一个寂寞的山谷里，像一个黑衣的尼僧匍匐在一座金漆的神龛前……

在眼泪的沸腾里，在嚎恸的酣彻里，在忏悔的沉寂里，你们望见了上帝永久的威严。

（选自《徐志摩作品集》，北岳文艺出版社，2004 年版）

王统照

王统照(1897—1957),山东诸城人。著有长篇小说、短篇小说集及《王统照文集》(六卷)等,散文诗有《听潮梦语》《去来今》等。

不易安眠

冷雨连宵,你大约不易安眠。有时有几声巨响由空际传来。你,开窗四望,一片暗冥,凄冷的雨丝织成密网,网住了这黑夜的"囚城"。楼台、树木、车辆,你都看不分明,只是若干点想冲破昏雾的灯光,若远,若近;在飘动,在炫耀,在孤寂中作光明的散布!

春去了,就是苦涩的莺声也不到这"囚城"中叫唤,况是料峭风雨中的夜。

杜鹃的哀啼,夜莺的幽唱,这些鸟音虽曾颤动多少诗人、旅客、易伤感的青年、情思宛转的女孩子的心,使他们神迷,泪落,心情嵌在缠绵的幻影,时间付与冥想的哀、乐,甚则比以灵魂,听似仙乐……但现在呢?即有他们的骄歌,哀唱,再也不会引你遐想,惹你惆怅!……现实的重负,一支针一滴血地压上苦难者的肩头,火灼,水湮,每个人都分尝到。纵然,音乐般的,或高一步说是精神上的麻醉,可以销魂,可以忘我,可以排遣世虑,可以沉入玄想。但,这至少须有一份略从容的时间,略悠闲的趣闻,轻微的忧郁，方能对他们的骄歌、哀唱，发生飘飘然的情感。

现实呢！便是好作奇想，好动怅惘的古诗人，生活在“囚城”里，你准一千个不相信，什么杜鹃，夜莺，会触动他古怪的灵感，写得出一首像样的诗来。

凡是一个逃不出现实的苦难者，他情愿在暗夜披衣独起；他的心在热血交流中跃动；他的泪灼烫地堕入肚肠；他的想象是：草莽中，平原中，森林中，河岸港湾上的鲜血；是自由的洪流泛滥过激怒的田野；是暴风疾雨挟着战神的飞羽传遍各地。

原来，这样丑恶纷乱的城市再无须会骄歌哀唱的小鸟作闲情的哢弄，何况是已变成一座“囚城”，一个储存记忆的“狭的笼”！

春去了，正接着与夏威相争的夏日。谁还在梦幻间眷恋着杜鹃夜莺的骄哢、哀啼？有巨响急传；有骤雨惊飘；有到处散射的光明点。

你听，你看，你往远处往深处坚实地想……你摸索着拿得住永向着天空向着光辉伸展的枝叶！

这昏暗的夜有破晓的时候？……

不易安眠，你是否堕入自己的梦魇？

（选自《去来今》，文化生活出版社，1941 年 1 月版）

在你的前途上

掷断你的链环，摆脱你的梦寐，听，白鸽的歌声在焦林中已唱出生命的重生。看，凤凰在灰烬上也展开斑斓的锦羽。

确定你的希求，净化你的忧虑，人间总有前途，在荆棘的纵横中;在霜雪的冷冽中。那安慰悦乐的春光曾驰过冰河迅速地向前途展布。

你的眼泪白白地流去,化不出一滴清波,应该在死亡、苦痛、饥饿、流亡的时间与空间中培养出更生的花朵!——它,因此会带着不忘的笑颜,向全世界招手。到这时,你的眼泪方能得到报偿,方浸润出生之值。

你的心即使真化成死灰,灰中还有不灭的火星在暗中跃动,何况有自由的风力替灰传播,灰中的火星散发着美丽的明光。

听,生命的重生的歌唱;看,灰烬上凤凰的展羽。……那流星般的泪滴,那风中的火星。——这,都在你的艰苦的前途上。

(选自《繁辞集》,世界书局,1939 年版)

高长虹

高长虹(1898—1954),本名高仰愈,笔名长虹,山西盂县人。著有《献给自然的女儿》《心的探险》等。

手的预言

灵魂住在心里,生命住在手上。

当手偶尔缩了回来的时候,灵魂便开始在活动了。它从永久的寂寞中找见了它自己。它绝望,它怜悯手的过去和未来的盲动。手听见它从心里所传出的叹声,也便开始麻木起来,而生命也便开始被关锁起来。

不羁的生命被一度关锁之后,它因死的破灭的恐怖而咆哮了。它不能复忍,而手却越发麻木起来,而灵魂却仍然不息地发叹。

于是,生命便把灵魂的罪恶不断提诉到心的面前。

心在片刻的惊疑之后,它便开始在啜泣了。啜泣着血精的红泪。

“我早已知道会有这种事出现,所以我把英雄递给了我的好动的手,而把哲学家留在我的身旁。”心终于指着灵魂和生命说了。

“假如我有过错的时候,那便是我不应该怜悯罢了。然而手的缩回却是我的怜悯的原因。我虽然聪明，然我还没有聪明到无病呻吟的程度。”灵魂继续着辩护它自己的行为。

“我不许你叹气，不管你为了什么！你是死的说教者，你是除叹气之外一无所能的蠢物！”生命忘记了它是在心的面前，气愤地谩骂起来。

心见了它的无礼的态度，也有些气愤了。它向着生命斥道：“但缩回的是手，你应该质问你的手去！——”它说到这里，忽然缩住了口，因为它觉悟了手本来是从它那里生出来的。

“这还是我自己的过错吧？我为什么把我的生命交给这样弱的手呢？”心恍然自失地质问着自己。

当然有时候，会有强的手出现，因为心已经知道弱的手怎样可以使它自己的计划归于失败。

当强的手出现的话，灵魂虽然还要偶然地发出它的叹声，而生命却可以为所欲为地向前去了。

当强的手出现的时候，心便会用它的手说出它不能用话说出的更真实的话来。

（选自《心的探险》，未名社，1926年版）

我家的门楼

这几年来，我家居然也在大兴土木，所有的房子洞子，几乎都已见了新泥水，不但是曾经被人夺去的几处收了回来，而且别人的一座院子也被我家夺为已有了。时代变得很快：从前的被掠夺阶级，一转眼间，已经跳到掠夺阶级上去了。

只有我家的门楼是最不幸的。它在这些新兴的后进之中，已经退居到遗老的地位了。它直到现在，还是它初出世时那一副面目。好像它是特别留下，用以纪念那旧时代的，它已是被划出潮流之外的了。

没有一个人曾经提议过修理它，将来也永远不会有的。

假如它要有自知之明的话，它便不会以为它的主人对于它的待遇不好。因为这正是它以外的一切都受不到的敬礼，这是因为它有特别使命的。

我小的时候，常听人说，有过一个什么异人，在我家洞顶上观风，曾经说过，这门楼很好，这个家里将来一定要出一个贵人。

这也许便是预示现在的。固然，现在也算不了什么大贵。然而院子却新了，大了，比从前的确是贵了好多。况且异人也只是说贵，没有说什么大呵。

但是，这里边又有了破绽。门楼既能使它的主人，它的伴侣都贵了起来，为什么没有能力来贵一下它自己呢？假如它要有自知之明的话，这在它，也一定会成为一个极奇怪的问题吧？

我呢？我觉得这对于它宽纵了。在我的眼里，它是一个妖怪，是一个恶的宣传者，它用了它的卑下的，荒诞的欺诈把我家的地位降低了。也许我的子侄们的纯洁的童心里，已经种下了它的毒的余沥。

世间有英雄吗？谁能够踏翻我家的门楼！

（选自《心的探险》，未名社，1926 年版）

冰 心

冰心(1900—1999),女,本名谢婉莹,福建长乐人。著有《繁星》《春水》和散文《寄小读者》等。

往　事(选二)

一

将我短小的生命的树,一节一节地斩断了,圆片般堆在童年的草地上。我要一片一片地拾起来看:含泪地看,微笑地看,口里吹着短歌地看。

难为他装点得一节一节,这般丰满而清丽!

我有一个朋友,常常说:“来生! 来生!”——但我却如此说:“假如生命是乏味的,我怕来生。假如生命是有趣的,今生已是满足的了!”

第一个厚的圆片是大海。海的西边,山的东边,我的生命树在那里萌芽生长,吸收着山风海涛。每一根小草,每一粒沙砾,都是我最初的恋慕,最初拥护我的安琪儿。

这圆片重叠着无数快乐的图画,憨嬉的图画,愚拙的图画,和泛泛无着的图画。

放下吧,不堪回忆!

第二个厚的圆片是绿荫。这一片里许多生命表现的幽花，都是这绿荫烘托出来的，有浓红的，有淡白的，有不可名色的……

晚晴的绿荫，朝雾的绿荫，繁星下指点着的绿荫，月夜花棚秋千架下的绿荫！

感谢这曲曲屏山！他圈住了我许多思想。

第三个厚的圆片，不是大海，不是绿荫，是什么？我不知道！

假如生命是无味的，我不要来生；假如生命是有趣的，今生已是满足的了。

（选自《小说月报》，1922 年 10 月 10 日第 13 卷第 10 号）

二

今夜林中月下的青山，无可比拟！仿佛万一，只能说是似娟娟的静女，虽是照人的明艳，却不飞扬妖冶；是低眉垂袖，璎珞矜严。

流动的光辉之中，一切都失了正色：松林是一片浓黑的，天空是莹白的，无边的雪地，意是浅蓝色的了。这三色衬成的宇宙，充满了宁静，超逸与庄严；中间流溢着满空幽哀的神意，一切言词文字都丧失了，几乎不容凝视，不容把握！

今夜的林中，决不宜于将军夜猎——那从骑杂沓，传叫风生，会踏毁了这平整匀纤的雪地；朵朵的火燎，和生寒的铁甲，会缭乱了静冷的月光。

今夜的林中，也不宜于燃枝野餐——火光中的喧哗欢笑，杯盘狼藉，会惊起树上隐栖的禽鸟；踏月归去，数里相和的歌声，会叫破了这如怨如慕的诗的世界。

今夜的林中，也不宜与爱友话别，叮咛细语——凄意已足，语音已微；而抑郁缠绵，作茧自缚的情绪，总是太“人间的”了，对不上这晶莹的雪月，空阔的山林。

今夜的林中，也不宜于高士徘徊，美人掩映——纵使林中月下，有佳句可寻，有佳音可赏，而一片光雾凄迷之中，只容意念回旋，不容人物点缀。

我倚枕百般回肠凝思，忽然一念回转，黯然神伤……

今夜的青山只宜于这些女孩子，这些病中倚枕看月的女孩子！

假如我能飞身月中下视；依山上下曲折的长廊，雪色侵围阑外，月光浸着雪净的衾绸，逼着玲珑的眉宇。这一带长廊之中：万籁俱绝，万缘俱绝，有如水的客愁，有如丝的乡梦，有幽感，有彻悟，有祈祷，有忏悔，有万千种话……

山中的千百日，山光松影重叠到千百回，世事从头减去，感悟逐渐侵来，已滤就了水晶般清澈的襟怀。这时纵是顽石钝根，也要思量万事，何况这些思深善怀的女子？

往者如观流水——月下的乡魂旅思：或在罗马旧城，颓垣废柱之旁；或在万里长城，缺堞断阶之上；或在约旦河边，或在麦加城里；或超渡莱茵河，或飞越落基山；有多少魂销目断，是耶非耶？只她知道！

来者如仰高山，——久久地徘徊在困弱道途之上，也许明日，也许今年，就揭卸病的细网，轻轻地试叩死的铁门！

天国泥犁，任她幻拟：是泛入七宝莲池？是参谒白玉帝座？是欢悦？是惊怯？有天上的重逢，有人间的留恋，有未成而可成的事功，有将实而仍虚的愿望；岂但为我？牵及众生，大哉生命！

这一切，融合着无限之生一刹那间，此时此地的，宇宙中流动的光辉，是幽忧，是彻悟，都已宛如氤氲，超凡入圣。

万能的上帝，我诚何福？我又何辜？……

（选自《小说月报》，1924年7月10日第15卷第7号）

李金发

李金发(1900—1976),本名李淑良,广东梅县人。著有《微雨》《食客与凶手》等。

明星出现之歌

什么一个香的曲径在你心头,什么一个雪的铺张在我笔下?

黎明带给我允许幸福之兆,黄昏战栗明星之出现。

我坚守着一切我失掉恩爱之全部,惟保存着心之谐音与呼唤你的传大。

人说生活是随处暗礁?那么唯你的温爱与半红的唇是灯塔之光。

大神喊道:你如此年轻而疲乏之游行者,到何处去漂泊?没有一个山川的美丽,如兄妹般等候着你,没有一个生人,回复你亲密地点头,即流泉亦失望地向你逃遁。

(选自《为幸福而歌》,商务印书馆,1926 年 11 月版)

晨

你一步步走来,微笑在牙缝里,多疑的手按着铃儿,裙带儿拂去了绒菊之朝露，气息如何，我全不能分析。镀金的早晨，款步来了，看呀，或者听环佩琅琅作响了，来！数他神秘的步骤。

你的臂儿张着向我，呵，他们倦了如我未醒的深睡。进来，在我旁边坐下，解去那透湿的鞋儿，你摘的是什么花朵，芳香全染在你胸膛里了，不看见么，他们正因离去同玩的小山羊哀戚了。

忽装出一半微笑，一半庄重的脸来，我画笔儿将停滞了，如你多看一眼。夜鸦染了我眼的深黑，所以飞去了；玫瑰染了你唇里的朱红，所以随风谢了。我们到小径隐藏了去，看衰草在松根下痛哭。

你呼吸在风里，我眺望在远处，他们都欲朝黑夜之面而狂奔了。

黑夜才从门限里出去，他那么叫喊，愤怒与呜咽，如你不来，我将梦见你在我的怀里。

奈黑夜才从门限里出去。

（选自《食客与凶年》，北新书局，1927年5月版）

朱大枬

朱大枬（1903—1932），四川巴县人。作品见于《爝火》《莽原》等。

寄醒者

你离别了我们那夜，天上一颗大星掉了。我们吵着说，今晚有人要醒去。进屋里来便见你的影子更显得黯淡了，我就取笔在你的影子周围描出一个轮廓，你的影子渐渐地模模糊糊地，朦朦胧胧地化为缕缕的青灰的雾痕袅移着，我凝目望那烟子直扯着一根线穿出了窗棂以后，才觉到有些什么失掉了。我惘然对着你遗留下的黑曲线的轮廓掉下一滴泪来。

在你醒前，一颗大星的掉落预示你的将醒；在你醒后，一滴清泪的掉落哀悼你的醒去。然而你飞去了，从窗棂之隙飞去。我从窗棂之隙痴痴地窥望着，看见一朵紫色的小花在战栗，我想那该是你的魂灵吧。

我这样想，那朵紫色的小花悄然落了，飘飘地降落于窗棂以下。这时我的心也随着在沉沉地坠落。在地心有个幽碧的水潭，将来我的心就沉掉在那里面，如像冷月的孤影般在水里发光。我的朋友，你在另一世界见着他的时候，不要滴下泪来，因为泪掉水里，使水面皱起涟漪时，我的心碎了。

我的心沉沉地在坠落着，我怔怔地对着你遗留下的轮廓想——这空空的啊！

（选自《莽原》，1925 年 11 月 6 日第 29 期）

在十字架上

我兀立在一条横木上面，昏沉沉地，背后靠着一条直柱，呵！我站在这十字架上了。谁给我这罪受？我问。

眼前织梭般闪着白的黑的光条的交错，我的眼睛上每根的睫毛也疲乏了，于是我紧紧地阖闭了我的眼睛，眼前还有掷球般跳着的白的黑的光圈的搏动，我的双瞳也在眼眶里合拍地踊跃，快睁开或竟将失掉了我的眼球吧（它似乎要推开这两扇紧闭的眼睑而冲出去）。我宁肯让那黑的白的光条在我眼前闪织。

唉，不安宁的我的眼睛啊！

背后的直柱闪电似的掣降着。时而热辣辣的在烫，时而冷冰冰的在浸。时而干燥极如像埋在石灰堆里的咳嗽，时而湿润极如像葬在白蚁穴里的战栗。然而我只有兀立着去顺受他的逆施，我要靠附着那直柱站立，不然，就将跌下那无穷无尽的空虚的深渊里去。

唉，在我的脊背上，不稍止息的我的病疟啊！

我站在横木上面，这横木如像车轴般的轮转着，我的手全没有凭握的地方。我像钟摆似的左右荡摇着，横木在脚下像不住的辘轳般地轮转着。这轮转给与我的，是脑筋的晕眩和脚胫的痉挛。我想宁可一脚踏下虚空去，但我没有那勇力，忍受着吧！

唉，叫我站在上面，不稍止息的横木的轮转啊！

这样的，直柱掣降着，横木轮转着。

我仰看头上直柱的顶巅，看不见了，俯瞰脚下，则过去的直柱距离稍近的还明晰可辨，渐远渐模糊的正比倒下去直至不可见的终点。其实头上的顶点才是终点，这应该说是起点吧。起点和终点的距离就是我应该去硬挺挺地站立着的全部时间。我心中更悲恼起来。不要往上——往下看了，劝我自己。

终于直柱的掣降告终了，于是失掉了我背后的黏靠，一脚便跌下那无穷尽的虚谷里去，虽然先或是曾平卧在轮转的横木上面。

我在无穷尽的空虚里无穷尽地降掣着。

（选自《莽原》，1925 年 11 月 13 日第 30 期）

胡　风

胡风(1902—1985),本名张光人,湖北蕲春人。著有诗集《野花与箭》《时间开始了》及多种文学评论集。

野　火

依然亲切地怀念着,虽然儿时的湖山已在云烟以外的以外。"儿时"也渐渐离我而去,如远山一样的,淡了淡了。

也是这样的深冬,也是这样的深暮,怀着跳跃的心情跑出门来,啊,苍苍茫茫的天空里正浮着一抹火焰!喧叫了一阵以后,先先后后地就集拢了一堆人,翘望着那天空里的横冈山上的野火。对着那浮映在辽阔的天空,凝住了似的火影所幻出的飘忽的故事,是美丽得多么稚气呀!等到睡意醺浓,故事模糊的时候,浴在微黄的灯火里的母亲的影子就亲亲而温暖了。

依然亲切地怀念着,虽然儿时的湖山已在云烟以后的以外,"儿时"也渐渐离我而去,如远山一样的,淡了淡了。

也是这样的深冬,也是这样阴沉的午后,当感到一切游戏都呆重无味时,萋萋的衰草上就着上了一把火。渐渐地蔓延开去,带着"吱吱"的响声和焦枯的烟味。

在昏黄的归路上偶然回首,也还能得到散漫的星星火影。

依然是寂寞的冬，依然是阴沉的午后的苍茫的深暮，而母亲，儿时，儿时的湖山，儿时的湖山里的野火呢？

远了，远了……

别了儿时，抱着无涯际的“作客”的情怀，凄凄清清地辗转着，而又频频向过去回首的生涯啊！

就在几天前，曾同一个朋友在这古城的荒山间浪游，踏着烧去了衰草的野地，前面的天空正横着淡淡的远山的影子，怀念之感就如暮色般罩上了心头。

既未能高唱毁灭之歌，自然还是希望能遇到点缀在儿时生活里的野火似的或物，在这苍茫寂寞的来日，在这苍茫寂寞的人间。

彳亍，彳亍，我望着遥远的遥远的天空……

（选自《野花与箭》，上海文化生活出版社，1937年版）

于赓虞

于赓虞（1902—1963），名舜卿，字赓虞，河南西平人。著有诗集《魔鬼的舞蹈》《孤灵》等。

魔鬼的舞蹈

这正是伟大的夜之世界！

饮宴散了，浓烈的红酒给我不可捉摸的力量，尚能在生命国土的劫余的残烬中悲哀、回忆、痛哭。

不堪言，生命于往日，现在，只是一个缥缈的梦，在魔鬼的舞蹈与歌吟中无痕地逝了！我不能，不堪想象歌舞的惨影：声韵、步态，只是一片模糊的惨红与苍黑的结体。微笑与温柔变为不忍一视的惨红，愤怒与残暴变为刺心惨动的苍黑：远了，灵动的生之希望！这一切在今宵的迷醉中，踉跄中都是毒烈的火箭，射中了已死之心灵。

星月冷明，万有沉于梦境，只我孤零一人卧于海滨之草茵，任自然无忌地摧残，伤害；任魔鬼无忌地在心头舞蹈，歌吟。在它踉跄的步态，朦胧的歌声里，泳化红酒，纸烟，毒药于一切希望之宫。呵——昔日金色的蓬发业已苍白，苹果的面颜业已苍灰，一切，一切如一龙钟的老人——青春死了，其颜色如枯萎的蔷薇上之雾水。

毁灭！将生命抛于奇丑的苍黑的污池，毒毙于死水，无须恋恋于痛苦足下之生命，作魔鬼与歌吟之场！嗟呼，孤魂，沉醉吧，沉醉于微笑，沉醉于死亡，沉醉于辉煌的宫殿，沉醉于长流的青堤，因是，纵魔鬼歌舞于心峰，发上，亦能暂时沦于不能记忆的烂醉——有如死灭，将一切遗忘。

噫，如斯进行着生命之韵调，永远，永远沉于不可捉摸的梦境。饮宴散了，从毒中我窥见了这平静的生命……

这正是伟大的夜之世界！

（选自《魔鬼的舞蹈》，北新书局，1928 年版）

梁宗岱

梁宗岱(1903—1983),广西百色人。著有《梁宗岱选集》、诗集《晚祷》、词集《芦笛风》等。

归　梦

飘忽迷幻的梦里——我跋涉着那迢迢的旅路,回到乡园去。

暮色苍凉,风光黯淡中,母亲正倚闾望着,门前塘边的青草地上,弟妹们的嬉游如故;老母的慈颜,却已添上无限的憔悴。不禁放声大哭!醒来,正是春暮夜静的深处,碧纱窗外,剩月朦胧,子规哀啼。从惨散凄恻的《留春曲》里,犹声声度来阵阵落红的碎香。

只是默默地在床上微怔着……

儿时的梦影,又残云般浮现出来了。

是一个严冬的霜夜。不知怎样的,迷离的踱到一处无际的荒野去。漠漠的赤沙,漫漫的长途,凄烟迷雾里,只见朔风怒号,寒月苦照,惊鸿凄咽,怪鸱悲鸣。小心里,惶然悚然!只剩有寂寞,只剩有荒凉!

再不敢久留了,急返身跑回家中。母亲正淘米下厨。见了窘躄、彷徨、客倦的我，百忙中，无可奈何地，把那乳露一般的淘米的水浆给我喝了，给我安慰了。怯懦而恐怖的小心，迸着了慈母的抚爱，不觉哇的一声哭醒来，欲依然安卧在伊甜温的软怀里。伊手儿拍着，低声唱着，“睡吧，宝宝，睡吧。妈在这儿呢。”

母亲呵！当我从这孤苦崎岖的旷野，回到你长眠的乐土的时候，还是一样的把那淘米的水浆给我喝吧！

（选自《晚祷》，商务印书馆，1924 年版）

巴　金

巴金(1904－2005),本名李尧棠,字芾甘,四川成都人,祖籍浙江嘉兴。著有《激流三部曲》(《家》《春》《秋》);《爱情三部曲》(《雾》《雨》《电》);《抗战三部曲》(《火》《冯文淑》《田惠世》),又名《火》,以及《随想录》等。

寻　梦

我失去一个梦,半夜里我披衣起来四处找寻。

天昏昏,道路泥泞,我不知道应该走向什么地方。

前面是茫茫一片白雾,无边无际,我看不见路,也找不到脚迹。

后面也是茫茫一片白雾,雪似地埋葬了一切,我见不到一个人影。

没有路。那么,梦会逃到什么地方去?

我仍然往前面走。我小心下着脚步,我担心会失脚跌进沟里。

我走到一家小店门前。柜台上一盏油灯,后面坐着一个白发老人。我向他打个招呼,问他是否见到我遗失的东西。

“你找寻什么,年轻人?”

“我找寻一个梦。”

“梦？我这里多得很。”老人咧嘴笑起来。

“我这里有的是梦，却不知道你要的是哪一种？”

“我失去的是一个能飞的梦。”

“我不知梦能飞不能飞，不过你看它们五颜六色，光彩夺目。你可以从里面挑选任何一个，并不要付多大的代价。”他给我打开了橱窗。

无数的梦商品似的摆在那里。的确是各种各类的梦：有的样子威严，有的颜色艳丽，有的笑得叫人心醉，有的形状凄惨使人同情。这里面却没有一个能飞的梦。

我失望地摇头，我找不到我失去的东西。

“随便挑一个拿去吧，难道里面就没有一个你中意的？”老人殷勤地问。

“没有，我只找寻我失去的那一个。别的我全不要！”

“但是茫茫天地间，你往哪里去找寻你那个梦？年轻人，我应该给你一个忠告，失去的梦是找不回来的。”

“我一定要找！从我身边失去的东西，我一定要找回来！”

“傻瓜，为什么这样固执？”老人哂笑道，“多少人追寻过失去的梦了，你可曾见到什么人把梦追回来？听我的话，转回去好好地睡觉。”

我却继续往前走。

雾渐渐变为稀薄，我看见江水横在我的面前。

我踌躇起来，没有舟楫，我怎么能达到彼岸？

忽然一只小木船靠近岸边，一个十七八岁的少年撑着篙竿高呼“过渡”。

我立刻跳到船中，连声催促船夫火速前进。

“老先生，为什么这样着急？半夜里还有什么要紧事情？”

这个少年怎么称我做“老先生”？刚才在小店里，我还被唤作“年轻人”，难道在这么短的时间里我会增加了许多年纪？

我没有功夫同他争论，我只问他：

“喂，你有没有见到我那个失去的梦，那个能飞的梦？”

少年不在意地回答：“我在这里见到的梦太多了，不知道哪一个是你的？若说能飞，它们都是从这江上飞过去的，没有一个梦会半路落在江里。”

“我那个梦特别亮，比什么都亮。”

“除了星星，我没有见到更亮的东西。那么你的梦并没有飞过这里，因为我见到的全是无光的影子。”

“你能不能告诉我它飞往什么地方？”

“我不能。不过我知道它一定不在对岸，我劝你不要过去。”

“我一定要过去。请你把我快送过去，我愿出任何代价。”

少年把我送到了对岸。

没有雾，天落着小雨，我走的全是滑脚的泥路。我好几次跌倒在途中，又默默地爬起来，揉着伤，然后更小心地前进。

一座高山立在我面前，没有土，没有树，这是一座不可攀登的石山。

“难道我应该空手转身回去？”我迟疑起来。

“不能，不能！”我听见了自己的心声。

“年轻人不能走回头路。”我的心这样说。

我鼓起勇气攀登岩石，一个继续一个，直到我两手出血，两脚肿痛，两腿发软，我还在往上爬行。

我几次失掉勇气。又恢复决心;几次停止,又继续上升;几次几乎跌落,又连忙抓紧岩石的边沿。最后我像一个病人,一个乞丐,拖着疲倦的身子和破褴的衣服立在山顶。我仍然看不到我那个失去的梦。

上面是一望无垠的青天,下面是一片云海、雾海。在这么大的空间里只有一只苍鹰在我的头顶上盘旋。

我的眼光跟着鹰翼在空中打转。我羡慕它能够那么自由自在地在无边的天海里上下飞翔。它一会儿飞得高高的,变成了一个黑点;一会儿又突然凌空下降,飞得那么低,两只翅膀正掠过我的头。我看见它那只锋利的尖嘴张开,发出一声嘲笑似的长啸。

它一定在笑我立在山顶上束手无策,也许就是它攫去了我的梦。所以它第二次掠过我的头上,我愤然伸出手去捉它的脚爪。我捉住了鹰,但是一个筋斗我从山顶上跌下去了……

我睁开眼,我还是在自己的家里。原来我又失去了一个梦。

(选自《废园外》,文化生活出版社,1941 年版)

焦菊隐

焦菊隐(1905—1975),本名焦承志,生于天津,祖籍浙江绍兴。著有散文诗集《夜哭》《他乡》。

幻象的波澜

朋友,从你载满了香花的诗集内,我寻到了一处黄沙蔽天所在,这就是北地,充满了愁惨云雾和别离的痛苦的北地。

来呀,在这梦的团聚里,我们将互握着柔腻的手,像一对小女孩儿,倚傍着香肩,微微地低语,道着爱慕的芳香言语,如春峡中潺潺的细泉一样清响。

来呀,这梦里,你将仍居在北地,不会再感到暖国里的相思症;也更不信北地充满了愁惨云雾和别离的痛苦。这里没有虚伪,只有希望的蓝鸟和翱翔的白鸽;这里没有沉雾,只有光明和清爽;这里将为一切"别离的愁苦"悲悼,哀它不再在北地盘留。

我的朋友,来呀;如果这能是真的,我将如飞过了彩云的小鸟的欢快。但,朋友,你没有来;睡梦里,我只有空伸着预备接收你的双手,你没有来,终究没有来!

这里终于还是愁云惨雾,和别离的悲苦。从你载满了回忆的香花的诗集里,我才晓得你为什么不会来到我的梦中!你也是正做着北黄沙的好梦,盼候着我到你梦中去的!

一九二四,六,十六夜读赵景深的《幻象》,津

(选自《夜哭》,北新书店,1926 年版)

李广田

李广田(1906—1968),山东邹平人。著有《圈外》《西行记》《李广田文集》《李广田代表作》等。

绿

我独处在我的楼上。

我的楼上?——我可曾真正有过一座楼吗?连我自己也不敢断言,因为我自己是时常觉得独处楼上的。西北有高楼,上与浮云齐,这个我很爱,这也就是我的楼上了。

我独处在我的楼上,我不知道我做些什么,而我的事业仿佛就是在那里制造醇厚的寂寞。我的楼上非常空落,没有陈设,没有壁饰,寂静,昏暗,仿佛时间从来不打这儿经过,我好像无声地自语道:"我的楼吗?这简直是我的灵魂的寝室啊!我独处在楼上,而我的楼却又住在我的心里。"而且,我又不知道楼外是什么世界,如登山人遇到了绝崖,绝崖的背面是什么呢?绝崖登不得,于是感到了无可奈何的惆怅。

我在无可奈何中移动着我的双手。我无意间,完全是无意地两手触动到我的窗子了(我简直不曾知道有这个窗子的存在),乃如深闺中的少年妇人,于无聊时顺手打开一个镜匣,顷刻间,在清光中照见她眉宇间的青春之凋亡了。而我呢,我一不小心触动了这个机关，我的窗子于无声中豁然开朗，如梦中人忽然睁大了眼睛，独立在梦境的边缘。

我独倚在我的窗畔了。

我的窗前是一片深绿，从辽阔的望不清的天边，一直绿到我楼外的窗前。天边吗？还是海边呢？绿的海接连着绿的天际，正如芳草连天碧。海上平静，并无一点波浪，我的思想就凝结在那绿水上。我凝视，我沉思，我无所沉思着。忽然，我若有所失了，我的损失将永世莫赎，我后悔我不该发那么一声叹息，我的一声叹息吹皱了我的绿海，绿海上起着层层的涟漪。刹那间，我乃分辨出海上的萍、藻，海上的芰、荷，海上的芦与荻，这是海吗？这不是我家的小池塘吗？也不知是暮春还是初秋，只是一望无边的绿，绿色的风在绿的海上游走，迈动着沉重的脚步。风从萍末吹入我的窗户，我觉得寒冷，我有深绿色的悲哀，是那么广漠而又那么沉郁。我一个人占有这个忧愁的世界，然而我是多么爱惜我这个世界呀。

我有一个喷泉深藏胸中。这时，我的喷泉起始喷涌了，等泉水涌到我的眼帘时，我的楼乃倾颓于一刹那间。

（选自《雀蓑记》，文化生活出版社，1939 年版）

雾　中

走吧。到外边去，到雾中去，到雾中去看雾吧。在山上看雾这是第一次，我们从来还不曾看过这样重的雾呢。

不要怕，递给我你的手，我领你走向雾中。

但是，奇怪呀，暗雾笼罩了一切，却罩不住我们两个。我们的周身都是“光”，我们行近的地方雾便消了。你看你看，我们向前迈一步，雾便向后退一步，我们驻足，雾便为我们退出了一个“光”的圈子。

你快乐吗，孩子，我们周身都是“光”。

雾里的山花可还开？——你这样问我。是的，我将领你去看雾里的山花。你可以猜想那些山花是睡眠在雾中的，就如同贪睡的婴儿为夜所催眠，但只要我们行近，当山花听到了我们脚步声时，山花便为我们开放了，因为我们为它带来了“光”。慢慢走，慢慢走，我们已经到我们所熟知的地方了。你看你看，那不是红色的石竹花吗？因了雾的滋润，因了我们的“光”的照耀，石竹花开得更鲜艳了。唉，唉，我说它们开得这么好看，简直叫我感到悲哀了。雾还是这样重，看起来就如充塞在天地间的一种固体，我们一点也认不出那些峻拔的山峰的影子。然而我们向前走，慢慢地向前走，我们的“光”就随着来了，我们的面前出现了苍翠的树木，我们的脚下出现了碧绿的杂草。虽然你也可以猜想它们是睡在雾中的，然而只要我们刚刚走近，它们便醒来了，它们都戴了最澄莹的露珠，展开了叶心，在我们的“光”中含笑舞蹈着。

孩子，你觉得快乐吗？我们行近的地方雾便退开，因为我们有“光”，草木因为我们而惊醒，山花因为我们而开放。

而且有流泉在雾中唱着，也许你猜想那是被雾封锁了的。

而且，远远的，还有人语声，还有鸡唱声。这些声音也许并不遥远，但为重雾所隔，便觉得那是遥远的了。而且觉得是另一种境界了。孩子，你听了那些声音，你应当觉得平安，应当觉得熨帖吧。我呢，我无论在什么时候，什么地方，只要听到了人语声，鸡唱声，我便觉得喜悦，仿佛那便是幸福之所在，而这远远地由雾中传来的人语、鸡唱，不但使我觉得平安，而且有着远古隔世之感了。

我们不必再向前走，我们就在这里停住吧，我们站在我们的“光”之内，谛听我们的世界之外的声音吧。而且，孩子，你还应当想象：在这重雾所充塞的天地之间，凡有我们同类所在的地方，每双眼睛的前面都有一个“光”的圈子，他们都在私心里说道：“我们是幸福的，我们在暗雾中有光明。”而且就连那引吭高歌的雄鸡，就连在那雾中穿行的山鸟吧，它们都各喜欢它们所独有的“光”啊。这充塞于天地间的是暗雾吗？也许并没有雾，因为就连那苍翠的松柏，那碧绿的杂草，那开的鲜艳的红石竹花，它们也各有它们的“光”呢。

孩子，怎么的，你又在做梦吗？你看你看，雾在我们的发丝上串满了细碎的珍珠。

（选自《雀蓑记》，文化生活出版社，1939 年版）

早　晨

我每天早晨都怕晚了，第一次醒悟之后便立刻起来，而且第一个行动是：立刻跑出去。

跑出去，因为庭院中那些花草在召唤我，我要去看看它们在不为人所知所见的时候有了多少生长，我相信，它们在一夜的沉默中长得最快，最自在。

我爱植物甚于爱“人”，因为它们那生意，那葱茏，就是它们那按时的凋亡也可爱,因为它们留下了根底,或种子,它们为生命尽了力。

当然我还是更爱“人”,假如人有了植物的可爱。酣睡一夜而醒来的婴儿,常叫我想到早晨的花草,而他那一双清明的眼睛——日出前花草上的露珠。

(选自《日边随笔》,文化生活出版社,1948 年 5 月版)

丽　尼

丽尼(1909—1968),本名郭安仁,湖北孝感人。著有《黄昏之献》《鹰之歌》等。

春的心

我寻找着,在春的怀中,想得到一枝桃花;春是这般美丽的。

我几乎沉醉了,在春的怀中,但是我仍然继续找寻。

少女们从我的身旁过去了,她们嗤嗤地笑着,说这是一个痴心的寻找,她们说:“看那痴心的寻找者。”

似乎是,我是在荆棘之中寻找桃花。

我寻找着,在春的怀中,想得到一枝桃花;春是这般美丽的。

红色的引诱,如同处女的唇一样的,使我沉醉着,不断地寻找。

越过了荆棘,藤和刺扯住了我的衣角;微风似乎是怨语,似乎是说我过甚地冷淡了她。

也许是吧?微风正吹动了我的薄衫。

我寻找着,在春的怀中,想得到一枝桃花;春是这般美丽的。

苍古的庄园和废墟,我在幼时所曾沉醉的,如今都已被我遗忘。

当太阳沉落了，怕人的晚霞回照着我母亲的住屋的时候，有我儿时的游伴在那里轻声叹息。

但是，我仍然寻找着，离开着她们而找一枝桃花。

一九三一年，四月

素 描

潮水挟着青草和木片缓缓地流了来，几乎是不使人注意地，要把我们的桥淹没了。

啊，这小河今天是多么欢乐啊！

因为是雨后，蛙们欢唱了，唱得不高，也不熟练。幼小的生命，还不曾学会一个更巧妙的歌曲呢。

不是六月了吗？

小羊站在河边，不吃青草，只蠢笨地望着河里有鱼能跳出水来，或者是对着那远处树林上头的淡烟做着痴想。

啊，这美丽的夏啊，使它记起了春天。

陌上，如今不正有人在轻轻地走着吗？

一九三一年，六月

黄昏之献

断裂的心弦，也许弹不出好的曲调来吧？

正如在那一天的夜晚，你的手在比牙琴上战栗着，你那时不只是感觉到了不安，而且感觉到了恐怖。那月亮照临的山道，流泉哀诉的声音，这些，也正表现出你心中的烦乱了。

说是你应该在梦中归来，然而，这崎岖的山路，就是你的梦魂也将不堪其艰难的跋涉呀！

啊，我是多么思念你哟！

而且，更想不到这就是永远的别离。

梦，是多么地空虚。在你梦魂归来的时候，我不曾一次握过你的手，也没有一次看清过你的面容。

啊，你是在黑暗之中了。

啊，在黄昏里，你是离开了我，而回到你妈妈，你爸爸那里去了。

啊，只要我知道如今你是在什么地方躺卧着的啊！

没有不醒的梦，除了永久的长睡以外；然而，在长睡之中连梦也会被忘却的呀！第一次梦见你在高原，第二次在海滨。

然而，等到梦醒的时候，坟墓就覆盖着你了。

我不要求你来给我解释命运之神秘，生命之无常，我不要求你来告诉我黑暗之国的消息，我不要求你来含泪讲述你自己的故事。

但是，你啊，我愿你安息！

当灯油快完的时候，生命的呼吸也就短促起来了。在夜晚的世界里面，人们都是沉睡着的。

天上的星斗啊，你们是在唱着挽歌吗？

月亮呀，你也现出了如何仓皇的神态哟！

我看着花开，又看着花谢，我看着月圆，又看着月缺；你哟，我看着你向人间走来，又看着你离开人间而去，我看着你在梦中欢跃，又看着你受到了梦的欺凌哟！

夜之安琪儿呀，请为我歌一曲《流浪者之夜歌》吧。

一九三〇年，四月

（选自《黄昏之献》，1935 年 12 月版）

艾　青

艾青(1910—1996),本名蒋正涵,号海澄,浙江金华人。著有诗集《向太阳》等十余种,《艾青全集》(五卷)及诗论集等。

养花人的梦

在一个院子里,种了几百棵月季花,养花的认为只有这样才能每个月都看见花。月季的种类很多,是各地的朋友知道他有这种偏爱,设法托人带来送给他的。开花的时候,那同一形状的不同颜色的花,使他的院子呈现了一种单调的热闹。他为了使这些花保养得好,费了很多心血,每天给这些花浇水,松土,上肥,修剪枝叶。

一天晚上,他忽然做了一个梦:当他正在修剪月季花的老枝的时候,看见许多花走进了院子,好像全世界的花都来了,所有的花都愁眉泪睫地看着他。他惊讶地站起来,环视着所有的花。

最先说话的是牡丹,她说:“以我的自尊,决不愿成为你院子里的不速之客,但是今天,众姊妹邀我同来,我就来了。”

接着说话的是睡莲,她说:“我在林边的水池里醒来的时候,听到众姊妹叫嚷着穿过林子,我也跟着来了。”

牵牛弯着纤细的身子,张着嘴说:“难道我们长得不美吗?”

石榴激动得红着脸说:“冷淡里面就含有轻蔑。”

白兰说:“要能体会性格的美。”

仙人掌说:“只爱温顺的人,本身是软弱的;而我们却具有倔强的灵魂。”

迎春说:“我带来了信念。”

兰花说:“我看重友谊。”

所有的花都说了自己的话,最后一致地说:“能被理解就是幸福。”

这时候,月季说话了:“我们实在寂寞,要是能和众姊妹们在一起,我们也会更快乐。”

众姊妹们说:“得到专宠的有福了,我们被遗忘已经很久了,在幸运者的背后,有着数不尽的怨言呢。”说完了话之后,所有的花忽然不见了。

他醒来的时候,心里很闷,一个人在院子里走来走去,他想:“花本身是有意志的,而开放正是她们的权利。我已由于偏爱而激起了所有的花的不满。我自己也越来越觉得世界太狭窄了。没有比较,就会使许多概念都模糊起来。有了短的,才能看见长的;有了小的,才能看见大的;有了不好看的,才能看见好看的……从今天起,我的院子应该成为众芳之国。让我们生活得更聪明,让所有的花都在她们自己的季节里开放吧。”

一九五六年,七月,六日

(选自《海岬上》,作家出版社,1957 年版)

唐　弢

唐弢（1913—1992），本名唐端毅，浙江镇海人。著有杂文集《海天集》《短长书》，散文诗集《落帆集》等。

黎明之前

在黑夜里我看见一个牢笼，铁的围墙，石的栏栅。虽然它并没有关住什么，但也毕竟关住了一件东西：空虚。

空虚磨尽了一切。

黎明之前，在熟睡着的群众中间，突然出现了希望。愤火烧热了它，像一只雄鸡似的，在古墩上磨了下尖喙，竖起颔毛，开始和空虚搏斗起来，血花四溅，白色的羽毛纷纷地落下来、落下来。

它战胜了空虚。

希望定了定神，真的，它战胜了空虚，然而，它发现自己是在牢笼里，铁的围墙，石的栏栅。

胜利，伴着希望，在牢笼里。

在黑夜里我看见一个牢笼，铁的围墙，石的栏栅。虽然它并没有关住什么，但也毕竟关住了一件东西：黑暗。

黑暗吞没了一切。

黎明之前，在熟睡着的群众中间，突然出现了光明。愤火烧红了它，像一条斗鱼似的，在急流里挺了下身子，摇动尾巴，开始和黑暗搏斗起来，血花四溅，银色的细鳞纷纷地落下来、落下来。

它战胜了黑暗。

光明定了定神，真的，它战胜了黑暗，然而，它发现自己是在牢笼里，铁的围墙，石的栏栅。

胜利，伴着光明，在牢笼里。

然而，胜利终于是胜利。这世界上将不再有黑暗，空虚。

希望的羽毛，光明的细鳞，它们被摒弃在牢笼的外面——辽阔的祖国的疆域上。在沃土里播种，在风雨里的发芽，在血水里长大，开出了美丽的花朵：自由。

胜利终于是胜利。

虽然现在还免不了是刀光，血影，但在刀光和血影里，人们望见了黎明。

一九三九年，三月，五日

如　果

如果生命是一道光，梦该是出现在光里的影子，而死是泯灭这两者的黑暗。

一年来，我时时寻梦，然而我捏着了一把看不见的黑暗。那是多么深远的黑暗呵！没有光，也不留一丝影子，生命在无梦里沉坠。——有一声亲切的探问吗？我等候着一个幽魂的出现，在无人时静处。

生命在无梦里沉坠。

远处，浓林的背后，夜悄悄地掩来了。

于是我点上一支无焰的白烛。火球毫不跳动，却只是寂寞地燃烧着，像嵌在忧郁的蓝天里的星星。那，怕不是真的火，却只是挂在谁的记忆里的一缀幽辉，留在褪了色的古老的图画上一抹不灭的藤黄——相传是土人从岩上采撷下来的蛇矢，能毒死人命，使壮健的牙齿纷纷凋落。

我睨着这亮光。

——如果它能使我的牙齿凋落，如果它能制我死命，我苦笑了：那不是真的火。

我伸出手，扭住这一星的亮光，哈，它没有烧痛我的指头，却很快地隐灭了。

暗。

夜披上黑纱，拖了黑的言语，带着欢欣的口吻向我低诉，说这才灭的亮光的存在曾使它感到窒息，而现在，它可以欠伸得非常舒服了，它的灰玄的羽毛展覆着每一个角落，使一切都无色。它是这无色的主宰。

我懊悔刚才的措施，决计把亮光释放，张开手指，我希望有一道闪电从我的掌心飞起，飞向白烛的顶巅。

夜狡猾地笑了。

像魔术师祭起他的法宝，我抖擞精神，点上满身怒火，让自己燃烧着，黑暗里，火花四射，这肉身不就是亮光吗？虽然它没有影子。

我即刻找到了火种。

白烛又冉冉光亮了，火球还是毫不跳动，它陪伴着中夜的静寂。

如果生命是一道光，梦该是出现在光里的影子，而死是泯灭这两者的黑暗。

——我能有一个梦吗？

推开窗，外面依旧静寂。明月高挂桐梢，满院是一片踏碎了的影子。

镗！

是何处传来这晚祷的声音！

一九四〇年，十月，廿七日

（选自《落帆集》，文化生活出版社，1948 年版）

徐　迟

徐迟（1914—1996），本名商寿，浙江吴兴人。代表作《哥德巴赫猜想》，著有诗集《二十岁人》、文艺评论集《诗与生活》及《徐迟散文选集》等。

理想树

你是一株美丽的树，你是一株智慧的树。并且，你是一株与日月俱增其美丽、智慧与生命，是的，生命的树。我原以为你在我这心的贫瘠的泥土上是不能生长的。我认为你应当是另一个乐园的沃土上的理想的树。谁知你竟在我心上发芽了，生长了。在我心的瘠土上，我植下了一株又一株的树，它们都没有长起来。并没有注意你的顽强的存在，你却在那里默默地伸展着，毫无怨言地茂郁地长成起来。我已惊讶地见到你，闪光的你，张开了美丽的华盖，开放美丽的花朵，结出了智慧的果实，培育着辉耀的理想。我膜拜着你，我的艺术之树。我膜拜着你，我的理想之树。

一九三六年

（选自《徐迟散文选》，上海文艺出版社，1979 年版）

橹

你没入雾里去的时候，我把你比做了橹，橹这样摇曳地远去了，没入深雾里去了。在美丽的河床上，须有美丽的橹的步伐的。水的花上，沾着雾，然而在这冬天的市街上，气候凝固，你为什么不借着这冰冻的掩映的夕暮的街灯之光，投给我一个侧影的鱼似的视线呢？橹的胴体上，抹着黄色的桐油；橹是人鱼，橹是游泳的女郎——你是爱侧泳的吗？我目送你，侧往左，侧往右，渡水，渡桥，在桅樯之影的林中隐没入雾里了。载着我的心的是你这美丽的船舶，而你这支美丽的橹摇着我的恋爱了。

（选自《二十世纪中国经典散文诗》，长江文艺出版社，2005年版）

郭　风

郭风（1917—2010），本名郭嘉桂，福建莆田人。著有《蒲公英和虹》《你是普通的花》等55部作品。

叶　笛

啊，故乡的叶笛。

那只是两片绿叶。把它放在嘴唇上，于是像我们的祖先一样，吹出了对乡土深沉的眷恋，吹出了对故乡景色激越的赞美。

吹出对生活的爱，吹出自由的歌，劳动的歌，火焰似的燃烧着的青春的歌……

像民歌那么朴素。

像抒情诗那样单纯。

比酒还强烈。

啊，故乡的叶笛。

那只是两片绿叶。把它放在嘴唇上，于是从肺腑里，从心的深处，吹出了劳动的胜利的激情，吹出了万人的喜悦和对太阳的赞歌。

吹出了对人民的权力的礼赞，吹出了光明的歌，幸福的歌，太阳似的升在空中的旗帜的歌！

那笛声里，有故乡绿色平原上青草的香味。

有四月的龙眼花的香味。

有太阳的光明。

夜　霜

我沿着溪边的小径，要走回到村里去。

我看见草垛上，凝结着白霜。

我看见池沼边的草地上，凝结着白霜。

我看见村庄的木栅、篱笆上，凝结着白霜。

我看见溪岸上的乌桕树上，梅树上，凝结着白霜。

月亮好像一枚冰冷的黄玫瑰。北斗好像几颗冰冷的宝石。我看见月光和星光把乌桕树和梅树的树枝，画出树影来，画在溪岸的草地上。

我受到深深的感动了。可真是的，我看见溪岸的草地上，凝结着白霜，好像一块无尽铺展的白色画布，上面画出了非常美丽的树影；好像墨笔画出来的浓墨色的树影、淡墨色的树影。

这一刻间，我忽地无缘无故地思念起一位友人，一位刻苦的、勤奋的、谦逊而又有点固执的画家来了。

（选自《中华百年经典散文诗》，北岳出版社，2003 年版）

田一文

田一文(1919—1989),湖北黄陂人。著有散文诗集《哀萤集》《向天野》等。

江之歌

喏,

喏——

喏,喏,喏,喏……

船跃过了江流汹涌的江面。船逆着江流,前进着,船向江水作出有力的搏击。船又跃过一段江程了。江却掀起一股骇异的怒涛。

船夫光着铜色的背脊,摆着健壮的两臂,纤夫喏喏地打着号子;船夫露着多毛的手,遮着耀眼的阳光;纤夫匍匐着,鼓着多毛的腿肚;纤夫挨近沙滩一步步地爬了过去;爬过一片沙滩,又爬过一堵巉岩,低沉地叫出了负荷的沉重,缓缓地吐出胸间的气力。喏,喏喏……声音高起来了,无数的声音组成了一个雄壮的合唱。哗哗:江在唱着,江像要壮壮他们的胆子。

纤夫背着纤绳爬过去了,一个个的,匍匐着,而且打着号子。

禁不住要去想象原始的人类如何同自然搏斗吗?

原始人,想必都是骁勇而且剽悍的。

喏，喏喏喏……

江上响起了一片原始的音乐。

怒涛起伏着，汹涌着，船涉过了澎湃的江面。江是宽阔的，江水旋着，画过一个圈又一个圈；江水发出了顽强的笑声。江笑得那样可怕，江水愤怒地发出长叹。一股股的怒涛直立起来了，倒下去了，骇异的怒涛做着骇异的姿势。那边，不也有一个险恶的滩头吗？船一定要经过这险恶的滩，船逃避着没有滩的江面。有滩的一方江面，急流旋转着，哗哗地发出大声：急流旋出大大小小的涡儿，急流翻滚着，打着旋涡漾开去；涡流是狡猾的，然而船却要从狡猾得要命的涡流里涉过去。这个滩，也不知吞没过多少船只；但，还有多少暗礁，比滩更要险恶呢。但这，船夫却熟悉的。这条大江，行走是真不容易。

江愤怒了吧？

江直立起来了。

江水旋着，江水发出啸声……

江在笑呢。

江水狰狞地笑着，江水发出疯狂的笑语……

江面是没有静止的时候的。

江水唱着，江水发出狂歌。江，疯了样的，在巨风中歌唱，在阳光中歌唱，江是如此无羁。

尽管大江是如此汹涌，然而，生活在江上的人们却热爱江的歌唱。

船涉过怒涛和险滩，生活在江上的人们在江上打着号子。长长地，低沉地，扯起一片原始的歌唱：

喏，

喏——

喏，喏喏喏……

喏喏地吐着原始的力，喏喏地作出雄壮的合唱。

喏，江在壮着他们的胆子。

一九四〇年，九月，重庆

（选自《跫音》，文化生活出版社，1948 年 11 月版）

柯　蓝

柯蓝(1920—2006),本名唐一正,湖南长沙人。著有小说、散文、散文诗集30余种及《柯蓝文集》(6卷)。

梅　花

梅枝上挂着圆圆的花苞。梅树知道冬天人间的寒冷,先送来了唯一的花枝,然后才出绿叶……

梅花是冬天最后唯一仅存的花朵?还是春天最早开放的花枝?当积雪压断枝头的时候,百花凋谢,梅花踏着风雪来了。而当冬去春来,万物苏醒,百花满园的时候,梅花却又一人先去。是追踪风雪而去呢,还是把它引来的春天留在人间?

梅花恐怕是万花丛中,带着最多的心意,为别人忙碌的花枝了……

(选自《早霞短笛》,作家出版社,1958年1月版)

脚　印

无论什么道路,都有脚印,都留下了数不清的脚印。有古人的,有今人的,有你的,有我的,有他的,所有这些脚印,都是我们的……我们都从所有的路上走过。

记住:就是不通的绝路,也有脚印。脚印走过去,又折回来了,这就是失败的印证……那么,在这样的路上,也留下你一点脚印吧,这是锻炼。

自然,那平坦、顺利的道路,脚印就更多了。多得都看不清。那数不清的脚印把路添宽了,踏深了,脚印变成了路……那么,在这样的路上,也留下你一点脚印吧。但必须是你的,必须是你亲自走过的脚印。叫人认出来那脚印有你的智慧,有你的创造,有你的勤劳……你不是跟在别人的后面重复。就是在这平坦成功的路上,也要有你自己独特的劳动……

(选自《中华百年经典散文诗》,北岳文艺出版社,2003 年)

张爱玲

张爱玲(1920—1995),女,上海人。著有《金锁记》《倾城之恋》《半生缘》等。

走向那个日子

像是第一次赶火车的感觉。静等时,觉得那车开得很慢,也很远。临过时,却被它的轰鸣、它的速度震惊了,期待中充满欣喜与惶惑。

那个日子近了,我就要做妻子。

有时候望着他的侧影发呆,用劲地看,想看到更深更远的地方。这个人——这个并不高大的男孩,我居然想做他的妻子了。惊讶之余,心又很安恬:

我在赶路呢?一路匆匆,一路寂寞,很干渴。猛然,我发现了一涓溪流,喝了一点儿,继续走。慢慢地,我知道了,山那边有个瀑布。想象毕竟是想象,我要去山那边看个究竟。无意中,便同那瀑布有了默契和约期。

近了,那个日子。

也有不安。

女孩儿是花儿,飘飘摇摇的一身骄傲,实在愿意延长这骄傲,尽管这骄傲很鲜艳,也很肤浅。

可还是想往前走了，人活着不能停留在某一瞬间。我会长成一株树，根深，枝繁，叶茂。

那个日子充满诱惑——也许不是个完美的金秋，此后许许多多的秋季中，我会有所撷取。

深深吸上一口气。

走，走向那个日子。

（选自《名家散文诗》学生阅读经典版，
人民日报出版社，2004年版）

何　为

何为(1922－2011),浙江定海人。著有散文诗集《青弋江》、散文集《第二次考试》等。

倚桅人

密云欲雨的瞬间,这个人抱着双臂,仰首靠着桅杆,面向深不可测的,即将被黑暗吞噬的大海,像是期待着什么。

期待着什么呢?

桅杆耸立在暮色沉沉的天空中,一束落日光,在桅杆顶端倏忽一现,立即消遁。满天乌云,沉重如铁,暴风雨前的低气压,令人窒息。

然而有了风。海风张开巨翼,行将呼啸起来。

一只海鸥,傲然穿梭于海天,上下翱翔,仿佛给远行者带来某种信息。

这个人沉默无语。惊喜与战栗于一身。纷繁的思绪随着潮水起伏。间或,放开视线,遥望水天混沌的远方。

铅灰色的天空压得更低了,同海上的万顷烟波连成一片。回想过去,一段弯弯曲曲的岁月,愿把记忆略加引伸,却让一道闪电劈成两截:往昔与如今。

凝神屏息间,他轻轻叹了一口气。

突然一声霹雷，响彻空旷的甲板，雷声隆隆，有如车轮铁轴的苦重辗转，在天边滚过，在心头滚过。

他悚然一震。

天穹像巨幅灰布。海鸥腾飞，白色翅膀画出银亮的弧线，闪耀着希望。它来了，可是它又去了。

依然没有雨，一点一滴都没有。

他感到脸上灼热。不耐于久久等待，想呼喊，想大声呼喊。随后他焦躁不安地频频环顾。

环顾什么？追踪那没有任何羁绊的海鸥吗？憧憬海鸥的自由风姿吗？

沉思片刻，于是低低吹起口哨。古昔的恋歌，点燃心灵的火焰，使他迷醉。

下舱里，一群少男少女唱起不成节拍的歌，可是很美丽很美丽。当人们歌唱生活的愿望，或是歌唱理想，歌唱生命的时候，没有不动听的韵律。

风之翼终于鼓起来。歌声随风飞旋。青春笑语浮泛于海上。浪涛颠簸着港湾里的海船。

哦，雨来了，雨来了！

第一滴雨，暴风雨的第一个音符。

倚桅人，热泪盈眶，交抱着的双臂仰天张开，发出一声欢呼。

（选自上海《大晚报·每周文艺》，1940 年 11 月）

屠　岸

屠岸(1923—2017),本名蒋壁厚,笔名叔牟,江苏常州人。著有《诗爱者的自白——屠岸的散文和散文诗》《倾听人类灵魂的声音》等。

窗里外

窗外:一个神秘的世界。

透过攀满爬山虎的窗框,我向外望去,看见一个神秘的世界。

我看见青天,白云;我看见花朵,树林;我看见溪水,草坪。

窗外有日出,月升;柳絮,西风;红花,白雪;四季,晨昏;阳光灿烂的大地,繁星闪烁的夜空。

我看见她——自然的繁衍和凋零,昂扬和低沉,热烈和冷峻,飞翔和游泳,行进和停顿,交错和单纯,勃发和消泯……

她——自然的每一个变动都撼动着我的心。

爬山虎开出小花,缀在窗框上。

月光下,那些小花变成一串串透明的黄色玻璃花瓣,环抱着窗外的一个神秘的世界。

我凝视着窗外,自己沉入了梦乡。

窗里:一个神秘的世界。

透过攀满爬山虎的窗框，我向窗里望去，看见一个神秘的世界。

我看见笤帚，围裙；我看见发结，领巾；我看见少女，母亲。

窗里有笑靥，泪痕；炉台，妆镜；叹息，琴声；红颜，衰鬓；含情脉脉的眸子，波澜起伏的内心。

我看见她——感情的觉醒和睡眠，汹涌和沉淀，内向和外延，冲刺和收敛，凝聚和扩散，休止和伸展，韧性和裂断……

爬山虎张开绿叶，缀满在窗框上。

在晨曦的照射下，一丛丛绿叶如闪着荧光的翡翠饰物，环抱着窗里的一个神秘的世界。

我凝视着窗里，我看见她从梦中醒来。

我看见她从梦中醒来，跨出窗子，跨进窗外的世界。

我看见她——感情，走向她——自然；我看见有情走向无情，无情拥抱有情；有情中有无情，无情中有有情；我看见人走向自然，自然拥抱人；人中有自然，自然中有人……

我看见了人和自然的融合，这融合过程中的每一次波动，每一丝变化，都撼动着我的心。

于是，窗子消失了。

（选自《中国当代散文诗百家精品赏读》，海天出版社，2014 年版）

耿林莽

耿林莽(1926—),笔名余思,江苏如皋人,现定居青岛。著有散文诗集《散文诗六重奏》《望梅》12部,以及散文诗论、散文等多部。

我喜欢微风

这些绿色的树,全都有安静的性格。只在风来的时候,才絮絮低语。

这时候,风是极其微小的,小得谁也感不到它的存在。那树上的细碎的叶子,像是在活动着自己的手指,又像婴儿朦胧欲睡时,用小嘴吮吸着母亲的乳房。

我想起大海平静时,浪花像催眠似的拍打岩石,轻轻地一声两声;漫上来,滑下去,再漫上来,像恋人们一次次地相吻……

我想起一个安静少女的目光。当她在你眼前稍停一瞬,宛如蜻蜓在水面上轻轻一点,留下来比微笑还轻柔的温情……

愿微风轻轻地吹,海水缓缓地升;愿再没有人为的风暴,干扰这树叶的和谐,海岸的宁静,少女的柔情……

(选自《古文观止——散文诗赏析》,四川出版集团,2013年版)

苦　茶

我喜欢饮一杯苦茶。

真的，我喜欢那淡青色的苦味，远胜过黏稠的蜜。

有一棵茶树躺在艳艳的阳光里。采茶扑蝶。那舞姿原是采茶女十指尖尖的手。

那指尖跳荡而且温柔。

然而那是一只残忍的手。

一棵茶树泡在淡淡的月光里了。

被肢解的叶子，被温柔的手掐离了母体的叶子，和姐妹们天南地北劳燕分飞的叶子。

烈日晒，炉火烤，卷曲之躯散发着尸体的香味。

有几具浸泡在我的杯子里了。

泡出月色来，泡出了人间的悲剧的滋味。

苦水吐尽时，她苍白地睡去。

我擎着的是一只空杯子。

我饮着我自己。

（选自《2007 中国年度散文诗》）

彼　岸

彼岸有风。

土地做深呼吸。草叶颤动若音乐之鱼。

有一老者在绿树丛中，在丘岗上，在半山腰，手抚潺潺之水，传送云间仙曲。

彼岸有泉。

远山作榕树式龙的卧伏。小小红亭是它睁开的明眸，在看我呢。

遍地的野百合花，无一朵溅血。

洁白的诱惑。

每天都有车子过桥而去，多如过江之鲫。

（从此岸到彼岸，桥是一种强权。横跨少女柔弱的肩，傲岸的征服）

于是我不做过桥之鱼。

也不坐摆渡老人衰弱的船。

苇影在水中厚重地起伏。鱼活跃起来，向梦游去。

（经不起一点诱惑）

我只坐在岸边。从容地坐在那里，泰然观彼岸之雾。

空蒙蒙，似蚕吐新丝，细微的蠕动。
（色即是空，空即是色）
雾掩映虚无。

彼岸有雾。永恒的诱惑，
我不做过桥之鱼，
也不坐摆渡老人衰弱的船。
隔水作壁上观。

红头绳，白头绳

——《串场河》之三

船头上，总有女人在补衣裳，缝不完的伤口，青布衣，白布衣。
她的孩子，却总是光屁股，拖着鼻涕，在船舷边爬。
（没有光屁股的孩子，便不成为串场河）
那盏瞎了眼的小风灯，在船头摇晃着阴影，催她入睡。
她也躺下了。

丈夫身上，散发着浓浓的烟气息，汗气息。鼾声很甜。
（摇不醒他，行船太累）
轻轻抚摸隆起的胸，渐趋松陷，且有棱棱的骨耸出。
不是当年。扎红头绳的新嫁娘，多少温情。
她睡不着。

船轻轻摇晃，河轻轻摇晃。
夜夜这样。
船睡不着，河睡不着，她睡不着。
有一天，她要扎那根白头绳吗？
她不敢想。

船轻轻摇晃，河轻轻摇晃。
夜夜这样。
红头绳到白头绳，很短。
而河，很长。

（以上选自《中国当代优秀散文诗精选》，
北方文艺出版社，1990 年版）

王尔碑

王尔碑(1926—),女,本名王婉容,四川盐亭人。著有小诗集《王尔碑诗选》、散文诗集《寒溪的路》、散文集《云溪笔记》等。

石　屋

圆门昼夜开着——一只黑沉沉的眼睛,在凝视荒原。

这里没有主人,是流浪者的王国,是牧人躲雨的地方,是岩鹰栖息的巢。

石屋,温暖一切生灵。

冬日的夜晚,雪落着,石屋变成一座白色的宫殿。

一个穿红旗袍的女子,仓皇、镇静地走了进来。

从此,石壁上便有了一束火把的浮雕。

从此,石屋封闭。

许多年以后,一个风尘仆仆的老人,在石屋门前站立了许久。离去时,他种下一棵小树。

又过了好多年好多年,小树长成一株高高的红梅。

只有大山知道,那梅树,酷似那个穿红旗袍的女子。

父亲

你走出世界，我走进世界——

在同一瞬间。窄窄的门槛上，也许，我们曾经相遇？命运注定，两个苍茫的影子，错过一次相识，便终生永不相逢。

你的遗像，被放大成原始森林绵绵山脉；你的声音比生时美丽，生长在故园每个角落。

——它们，于我总是陌生。

我因别人哭你而哭你，年年祭奠你。许多年以后，我又因别人诅咒而诅咒，在某页十行纸上写着你的“罪孽”。

——而我和你素不相识。

岁月匆匆，忽忽已是暮年。当我走向生命的尽头，野草丛中拾起你遗落的一首残诗。

第一次，我以战栗的手指，镶嵌你的灵魂。第一次，我轻轻呼唤你：

父亲！

你去何早？我来何迟？

长眉罗汉

人间最奇异的眉毛？

两行细细的溪水，自你的前额蜿蜒而下。

溪水，在说你一世的酸辛？

可你笑着，望着一切都笑，笑得如此长久。

或许，你手中的如意，是一首金质的歌？是神剑，能斩断愁云？

有那么一瞬间，你笑累了，你站着呼呼入睡了。我轻轻揭开你的笑面，看见你寂寞忧伤的脸，吓了我一大跳。

诸神震怒。你没有醒。

长眉的溪水，打湿了我的鞋子。

寒溪的路

寒溪无人。

游鱼自得其乐？游鱼不觉其乐？

我想走进那幽深，寒溪无路。寒溪无岸，巍巍群峰是岸？

有花自梦中醒来，说："路在天空，路在石壁上，路在鸟儿也不去的地方。"

手扒岩，一个不太优雅的名字，模糊了的名字。它不会进入地图或《辞海》。

手扒岩上，凸凸凹凹的皱纹之间，有一条神秘的路：指纹深深，脚印深深。

湿雾，弥漫着一种气氛，我听见沉重的呼吸，大山的心跳，热血流动的声音。湿雾，缠绕着一首无字的歌，悲壮而又遥远。

似有似无的路，容易被人遗忘的路，杜鹃花年年祭奠的路。

谁在呼唤桃园之子巴山之鹰！其声激越、缥缈。

寒溪无语。

水底彩石艳艳如人面如远方花市。

游鱼，有一瞬间的恍惚。

附注：寒溪在大巴山桃园。

（选自《寒溪的路》）

罗　洛

罗洛(1927—1998),本名罗泽浦,四川成都人。著有诗集《阳光与雾》、诗论集《诗的随想录》、短篇小说《我知道风的方向》等。

彩　湖

蓝色的湖……啊不,湖不是至少不完全是蓝色的。

当我站在海拔约四千八百米的甘巴拉山口,远眺着山麓的羊卓雍错的时候,我看到的就是一个闪动着光辉的彩色的湖。

彩湖,在最初的一瞥之下,我有点不相信自己的眼睛了。因为这和我原有的观念太不协调了。湖,不是蓝色的吗?我亲眼看到过的湖是蓝色的,我从电影,画报上看到的湖是蓝色,书里写的,歌里唱的湖也是蓝色的。只有童语里的湖才是光辉闪耀五彩缤纷的啊。

然而,展现在我眼前的毕竟不是想象中的童话,而是无可置疑的现实。

彩湖,是的,彩湖。湖滨仿佛镶上一条宽宽的深绿色的缎带,延向湖心,逐渐化为一片蓝色的绸巾。直射而下的阳光,把万顷流动的光波倾泻到湖里,金色的光波在湖面跳动着,闪烁着。白絮似的云朵仿佛悬浮在湖水中,似动似静,似浮似沉。这真是一个光与色交相辉映的彩湖啊。

当我逐渐走向湖岸，我才逐渐明白了羊卓雍错之所以成为彩湖的原因。

湖边，水深不过数米，那浅处，水色透明，湖底的石块历历可见，有时还可看到在石间游来窜去的高原裸鲤。但离岸数米一直延伸到百米以外，则是茂密地丛生的蓝色水藻，仿佛是在水下筑成的一道绿墙，阳光穿透不了它们，湖面因而成为深绿色。再往湖心延伸，水深达二十米以上，水藻稀疏，高原特有的碧蓝的天空映入湖中，湖面便成了一片翠蓝。随着天气的晴晦，阳光的强弱，湖面的颜色便随之而变换，或翠碧相间，或蓝绿交辉。如果一轮红日浸入湖中，更有一番壮丽的景色。

我在湖岸上缓步走着。三五成群的斑头雁在不远处展翅翱翔，几匹骏马低头细嚼着青草，清浅的溪流灌溉着湖畔的青稞地，稍远处，平坦的屋顶上冒出了缕缕炊烟，仿佛在为远道而来的客人准备喷香的奶茶……

那么，羊卓雍错，不仅湖水是彩色的，那环湖四周生气勃勃的生机不也是彩色的么。

（选自《中华百年经典散文诗》，北岳文艺出版社，2003 年版）

李　耕

李耕（1928—　），本名罗的，江西南昌人。著有散文诗集《不眠的雨》《梦的旅行》《粗弦上的颤音》等10余部。

未死的树

我是在苦难中认识这穷汉的。

严冬时，它残叶萧萧凋尽，肩胛袒袒裸露，头颅疏疏光秃。它赤贫，赤贫得不屑害怕霜欺雪压，风敛雨夺，雷袭电击；它赤贫，赤贫得直面僵冷的朔风而扬声大笑。

我是在苦难中认识这穷汉的。

规劝它离开这硗瘠的山坡。它说：离开它而死，不如死也不离开它！规劝它回避这严酷的冰冻。它说：我坚信春会降临！

果真，春来时，披给它一身闪闪灿灿的金黄色的叶蕾，把它打扮成了满身珠光宝气的侯爵。

它，是个富有者了！

但它笑了笑：我，仍然是穷汉啊！

真的吗？

真的！我从不想占有一苞一叶。我的爱，全给了土地，给了耕耘的人们，给了我们共有的春天。

（选自《当代》，1982年第1期）

雪的翅膀

差遣冬雪，塑我以圣洁的女伴。

女伴的素笺，是一沓沓六角形的微笑，只有温馨，不觉寒凉，只有洁白，没有污迹。

当太阳火烈的嘴唇强行靠近它的嘴唇时，它飞了。飞成白的鸽，飞成白的雪，飞成白的云朵。

我也想离开酷烈的阳光。

但没有翅膀。

黄昏之旅。

随鱼尾纹，游入黄昏之海。

叶在飘零，花已萎蔫，果却未成熟。坠落已经是一种自然，何需感叹夕阳无情。

让思绪在残照中如鸟之归巢，不必问墓碑将立于天涯何处。

躯壳沉没。

梦，仍在飞翔。

苔藓生命

在死亡之谷，有黑色风暴挑衅种种生机。花瓣因之枯蔫，草叶因之萎凋，蝴蝶因之死亡，鸟巢因之坠落，星光因之暗淡，晚风因之痴呆，蟾蜍因之失声。

卑贱的苔藓却苍凉地绿着，不躁不屈，平平淡淡，一介寒门，无欲无求，贴在亘古不变的岩壁上，三重风暴也无奈其何。

净土一方，匿于苔藓的刹那之中。

崖

耸起的一朵孤独。

孤独的崖上，孤独地立着一棵在山风中摇曳的松；孤独的松树一只孤独的鹰在远远望着天边山峦中孤独的落日。

崖也孤独，松也孤独，鹰也孤独。孤独的太阳照着孤独的崖孤独的松孤独的鹰。

太阳，

不孤独。

（以上选自《暮雨之泅》，时代出版社，2003 年版）

陈　犀

陈犀（1930—　），女，河北宁河人，本名萧丁。著有诗集《绿叶集》《山村》《田园抒情诗》，散文诗集《远山》《和弦》等。

一　色

我，告别友人，自个儿漫步走回宾馆。

宾馆在海边，海边，既无沙滩，也无礁石，只有一座栈桥，伫立在浪中。

夜，是寂静的；月色，也分外清幽；我在大路上行走，清辉裹着我，像浸泡在水里，感到湿漉漉的。

我看着前面的路，看着前面的天和海；但白天熟悉的，已变得陌生。

似乎，天溶于海了，而海又高于陆地，海水在陆地上漫溢。

天，是深灰色的，像罩在海上的静谧深邃的冠盖。海是铁灰色的，像不停地抖动着，但却是无声的遮天的羽礼。

陆地，是银灰色的，像透明的足以包容山川林木的丝帏。

天、海、陆地的色泽，虽有层次，有深浅，但均溶为一生中基本的调子，是流泻的月光，为它们染色。

这时，我还在路上行进，月光还照着我，虽然，我看不见自己的影子，看不清自己是什么色调；但我确信，我被某一种灵性陶冶了，心是纯银的，我已和天、海、陆地溶为一色，是它们同一色素中的一颗颗小小的粒子。

（选自《中华百年经典散文诗》，北岳文艺出版社，2003年版）

胡　昭

胡昭（1933—2004），满族，吉林舒兰人。著有诗集《草原夜景》《山的恋歌》，散文诗集《冰雪小札》等。

螺

诗人说：贝壳像一只耳朵，它储存着大海的音调。当我们把它贴近耳旁，可以听见大海的呼啸。

巨大的波涛的声响，能够压缩到寸大的贝壳里，多年不消——这是不是真的，我不知道。我只知道螺号……

螺，也和贝一般生活在深深的水下，多少年在沙里泥里，发不出半点声响。

是海水的漩涡塑造了它的形象，阳光和星月给了它多彩的衣裳。当潜水者把它捞起，它同样毫无表示。

引起人们多少欣羡的眼光，多少赞叹的评语，它全不在意。

它好像永远是沉默的。

可是当你看见它，被水手有力的手举到嘴边，在晨光中它通身明亮，它的歌声激越而高亢——它歌唱大海的惊涛险浪。

歌唱太阳和星月的光芒，歌唱水手心中的希望。

（选自《中华百年经典散文诗》，北岳文艺出版社，2003 年版）

邵燕祥

邵燕祥(1933—　),北京人。著有诗集《到远方去》《如花怒放》,诗论集《黄昏随笔》《赠给18岁的诗人》等。

布谷鸟

羽毛被突来的风雨淋湿了……布谷鸟,依然向春天唱着沥血的歌。

假如生活背叛了你,你不要背叛自己。

诗

沉醉的时分,只有沉醉。

清醒的时分,只有清醒。

寂寞的,又不甘寂寞的来客,只在我沉醉与清醒之间叩门。

无　题

小笠原群岛附近的海峡,影响大海的潜流吗?

喜马拉雅山的雪山，影响海上的季候风吗？

远在天边的满月，影响吞吐于海岸的潮汐吗？

使我的胸廓中潜流汹涌、风云动荡、潮汐起落的，是哪一处大洋深处的漩涡，是哪一座高寒的雪山峭壁，是哪一轮远在天边的满月呀？

一九八二年，一月

（选自《二十世纪中国经典散文诗》，长江出版社，2005 年版）

秋　原

秋原(1933—　),本名宋长远,山东文登人。著有散文诗集《星星与花朵》、诗集《山泉与红叶》等。

昨　天

昨天和昨天的我,已经永恒地从这个世界上消失了,死亡了。

而那占有昨天的一切:欢乐和痛苦,窗外的清风和阳光,心灵中清晰或模糊的思念,低吟的歌曲,没有写完的诗行,没有完成的工作和生产指标,还有傍晚来访的客人以及夜里的梦……都像一片叶子,从时间的树梢上,永远地跌落了。

昨天,你这匆匆消失的日子呵,你从我们的身边,从我们的生活中带去的该是多么多呵,多么多!

我知道,当你和你的一连串的同伙联合起来,你就要把我们最宝贵的财富——我们的青春与生命,无情地夺走。

所以,当你的后继者——今天,刚和我们交手,我们就狠狠地抓住了它,把它牢牢地踩在我们的脚下,用我们刚出炉的钢材,用我们刚收获的粮棉,和数学家新的数据,天文学家新发现的天体报告,工程师新设计成功的精密仪器,把它的担子塞得满满,压得它的脊背弯弯;让它在历史的大路上留下深深的脚印。汗流浃背地从我们的面前走过!

哦，假如我们不轻易地放走今天，那么所有昨天的分数，就将全部为我们所得！

记　忆

记忆，是深藏在内心深处的人生的日历。

它像一条无形的丝线，穿起了往昔岁月繁多的果实。

啊，多少郁愁烦恼，多少欢乐欣喜，还有痛苦和幸福，失败和胜利，以及甜蜜的爱情和忠诚的友谊……

那像商店橱窗的陈列台一样繁多的记忆啊，经年历月，有一些已经暗淡了，消失了，像枯萎的花朵，失去了艳丽的色泽，散尽了芳香的气息；另一些却依旧栩栩如生，像白昼一样明朗而清晰，虽然年久月深，已经沉进了时间的海底，但却像是发生在昨天，总在固执地纠缠着你！

有一些记忆，只能使你灰心丧气，使你对生活感到渺茫，对生命感到厌倦消极。

而另一些却像春风和烈火，能唤起你失去的青春，挫钝了的锐气。

啊，记忆！为了战斗，为了进击，人们哪，快把该记住的像珍珠一样收藏，把该忘记的像垃圾一样清扫出去！

春　雪

雪，飘落着，飘落着！

大片大片的雪花，从灰蒙蒙的空中，无边无际地飘落着。

飘落吧，你，春天的洁白的花朵。

那被严寒冻裂的土地，那被冷风吹枯的枝柯，那在泥土中等待着萌生的种子，是多么需要你那温柔的充满了爱情的小巴掌的抚育啊。

雪，飘落着，飘落着！

远处近处，铺天盖地地飘落着。

落在街道、江堤，落在红领巾的肩头，少女的眉梢，也落在我饥渴的心头。

飘落吧，春雪！

给生活带来新的欢乐！

给大地带来新的收获！

（选自《中华百年经典散文诗》，北岳文艺出版社，2003 年版）

刘湛秋

刘湛秋(1935—2014),安徽芜湖人。著有诗集《生命的欢乐》、散文诗集《遥远的吉他》等。

三月桃花水

是什么声音,像一串小铃铛,轻轻地走过村边?是什么光芒,像一匹明洁的丝绸,映照着蓝天?

呵,河流醒来了!三月的桃花水,舞动着绮丽的朝霞,向前流呵。有一千朵樱花,点点洒上了河面。有一万个小水涡,在河中回旋。

三月的桃花水,是春天的竖琴。

每一条波纹,都是一根根轻柔的弦;那细白的浪花,是响着有节奏的鼓点。那忽大忽小的水波声,应和着田野上拖拉机的鸣响;那纤细的低语,是在和刚刚从雪被里伸出头来的麦苗谈心;那碰着岸边石块的叮叮,像是大路上车轮滚过的铃声;那急流的水声浪声,是在催促着社员开犁播种啊!

三月的桃花水,是春天的明镜。

它看见燕子飞过天空,翅膀上裹着白云;它看见垂柳披上了长发,如雾如烟;它看见一群姑娘来到河边,水底立刻浮起一朵朵红莲,她们捧起了水,像抖落一片片花瓣;它看见了村庄上空,很早很早,就袅袅升起了炊烟……

比金子还贵呵，三月桃花水。

比银子还亮呵，三月桃花水。

呵，地上草如茵，两岸柳如眉，三月桃花水，叫人多沉醉。呵！多多地装吧，装进我们心灵的酒杯！

（选自《写在早春的信笺上》，上海文艺出版社，1979年10月版）

帆

我愿意看见一只只白帆。

在帆的上面，是飘动的白云和天空；在帆的下面，是温暖的船舱。在那里，生活不是僵硬的，而是在不停地流动和飘荡。

我愿意看见一只只白帆。

无论在小河，在大江，还是在海洋，它都在前进，在和风浪搏斗。在每一片鼓满风的帆里，都藏着一个美丽的幻想。

我愿意看见一只只白帆。我愿我们的生活像一片片白帆，永远寻求不冻的港。

雪

南国的雪，我们分离得太久了。

那微带甜味的湿润，那使人快活的冷气，那彩色梦幻的飞旋，伴着我少年的轻狂，再也无法追寻。

没有暖气也没有炉子的小屋，铁一样寒冷的硬被子，都无法阻挡对雪的渴望，只要睁眼看见屋外白花花的光亮，那就像涌进来一股暖流，勾起难以抑制的温暖的心情。

雪，南国的松软美丽的雪啊！

它纷纷扬扬，比春天一树树的梨花还要美。这时，北风变得柔和了，吹着它，上下翻飞，轻轻地降落，使人能看清那六角的菱形，看到一个美丽的童话世界。

不知它是想依恋天空，还是想委身大地。它忽上忽下，是那样的轻盈而自由啊！忽然，它落进了我的颈脖，像个小绒毛，却又摸不到它，产生了甜甜的微痒。我伸出手来，它会安静地落到我的掌心，在我的钟情的眼睛里，慢慢地消失了它的身影。有时候，真愿意伸出舌头，希望能接到一片雪花，那淘气的愉快里绽开了多少天真的梦。

雪，南国的松软美丽的雪啊！

忽然，我像一下子变成熟了，往往放弃堆雪人、打雪仗的乐趣，却愿意宁静地默默地走去，翻过废弃的铁路线，来到郊外，默视着广袤的天空和田野。所有的污秽和荒凉全遮掩了，只有雪，白花花的、纯净的雪。这大自然创造的最精美的白色拥抱了田野、山岗、房屋和树林。偶尔由于风的吹动，越冬的树和菜斑斑点点闪着一点新绿。

这时，眼睛和心变得多么亮，多么舒展。美丽的维纳斯仿佛就在你的身边，对着你微笑。所有的幻想都会脱颖而出，飞向雪的地平线，开出白色的花朵。

雪，南国的松软美丽的雪啊！我们分离得太久了，也许我还能追寻那没有污染的洁白，幼稚却纯真的梦幻，和那寒冷中的温暖？

（选自《遥远的吉他》，青海人民出版社，1985 年版）

昌　耀

昌耀(1936—2000),本名王昌耀,湖南桃源人。著有《命运之书》《昌耀抒情诗集》等。

百年焦虑

此间的早晨总是迷蒙的,与黄昏相差无几。

因记着"迟早总得解决"的"焦虑",决心搭乘邻里老D的手推车进城交割。老D已从户枢卸下门板往车上装载,这是那个担着门板远行以防窃贼入室的聪明人想出的主意。他催我快点上路,而这时,我却不能完全记起焦虑究竟为何了,又何以去城里交割。我请老D稍待,好让我钩沉记忆。我拍拍自己的脑门,居然诌出了一首诗:

有思怦然于心:
套不尽的无穷套,扣不尽的连环扣。
遗忘在遗忘里,追忆在追忆中。
永不知所往,有念一闪于忽忽。
独语变作山中石头。
飞鸟展望在凝固的蛋白。

一只灰羊在路侧瞧着这一切。当我注意到它的存在,它就变作一只啮食细草的狗。而当我不要注意它的存在时，复成为一只对我无害的公羊。老D又在催我上路。我对他说：不能确定的意愿，如同目标未明的操作，虽进城又何益。而你背负着自家的门板上路，路虽远，你仍在自家门前操心着呢。而我，是一个无家可归者，只是无谓地挥霍着自己的焦虑，当作精神的口粮。我又如何不聪明，我又如何不犯傻呢……

老D望着我，终不知所云。

梦非梦

怀有世仇的男子遭遇江头，瞋目对视。

寒气闪烁的利刃攥紧在臀后，对峙着。

将会有愉悦的鲜血从对方的大伤口淌出。将会有鲜血蹦跳着，好似一群自长久羞闭中一旦逃逸而出的幼兽，初始喜悦，继而惊讶，而后是对于失去了屏蔽保护的悔恨：血的死亡。

人类无罪的血。

我是谁？模糊地意识到自己是一不忍的因缘正介于两仇之间，且以始料未及之举拥抱了两仇之一。喁喁着，避开武士厚重的唇髭，以狂吻击打他的眉宇：一种善意规诫。他同意了我。

他微微闭合了眼睛。那一刻，天空有大悲悯关注，而我相信自己正临近于开启人性之铁幕。

我只是一种因缘，一种不忍。

现在，两男子悻悻而去：一个沿着大江之阳，一个沿着大江之阴。他们隔江竞步而行的背影愈趋高远。在上游源头他们还有机会狭路相逢决一雌雄。这是一种悲哀:血的悲哀。

但有一种大悲悯关注着,既非欺瞒,也绝非嘲讽。

告 喻

一种告喻让我享用终身:仅有爱,还并不能够得到幸福。深邃的思维空间有无量的烛光掀动,那并不能成为吸引年轻人前去的赌场。我想起雨季泛滥的沼泽。怀着从未有过的清醒与自信,我终于信服于一种告喻:仅有爱还并不能够幸福。

我已习惯准时站在黎明的操场静候天堂之门为我倾洒一片圣光。我已多次赞美灵魂洁净的赐予,那是你们孩童的无伴奏合唱。纯粹的童声,芳馨无比。

我已讲述击碎头壳的暴食。

我再讲述揭去齿冠后的牙腔朗如水晶杯。

暴饮吧,狂怒者,我愿将你竖立的怒发看作一炷烟燧。是观念的反解,是灵魂的起义。

而仅仅有恨也并不能够幸福。

一九九七年,六月,十九日

(选自《昌耀的诗》,人民文学出版社,1998 年版)

许　淇

许淇(1937—2016),上海人,定居包头。著有《许淇文集》(10卷),散文诗集《词牌散文诗百阙》《辽阔》和小说、散文集等多部。

再　忆

一个上了年纪的人,会有他熟悉的角落:炉边一把固定的椅子,桌上的朱砂茶壶、烟斗和一本嚼得淡而寡味的书……

于是,回忆犹如一只固执的蜜蜂,你躲开它,它还是嗡嗡地绕着你的思绪。你轻轻地打开纸张发黄的书页,沁渗出宁谧的温馨;手指掀动的微飔,掠过了逝去的岁月。

"蜜蜂"盯住一朵花,一朵四月的花。

四月,窑洞窗台上的白瓷缸里插一朵野杜鹃,是她会纺线的手采摘的。

又一个四月,军号响了,夜渡黄河……

在马背上,一首热情悸动的诗,像草原上的小路,向地平线延伸。马蹄和韵脚,为祖国和她无休止地铺开……

灰土布军帽檐儿压着眉,如远山的轻岚;乳白色黎明的泡沫——睫毛上的泪。她的一朵瞬现的温婉的笑,一双明澈的晴朗的星眸,一炷燃烧的赤热的语言……

以后，便是林中的伏击。烟的旋涡。血和火。

埋葬了四月，永诀了青春。但可宽慰的是，她根植的大地上诞生了人民共和国。四月的星辰，永是我爱情的指南针。

如今，回到那熟悉的角落，手指掀动回忆的书页。

莫讽嘲我的衰老，告诫年轻人，要懂得珍惜：凡只拿利己的动机付诸实践，其结果终将归于幻灭。

爱，不仅是“我欲”的攫取，而且是“利他”的献身，是激励，是力量，是互相提携，是共同去完成。

故　都

护城河畔的垂柳绿了。

剥蚀的宫墙前黄叶落了。

黄昏木和蝉鸣一起响了。

黑瓦和黑瓦间，蓝色的鸽哨飞了。

故宫扇扇沉重、厚实的门严闭，于是，御花园里只剩下幽灵……

然而，人间的门永远敞开。大街犹如白昼。高层建筑一夜间又长了一肩，用的是最新的材料和工艺流程。

多少帝王的梦悄悄地或者轰轰地陨落了！

洒水车洗出个新浴的早晨。

小　巷

小巷，通向人间。

生活的路，通向每一条小巷。

我怀念起苏州的几条青石小巷和小巷里的卖花声：

“栀子花！白兰花！”鬓边和衣襟上的春天。

啊，美的小巷，梦的小巷，和青春岁月相联系的小巷！是一幅画，是一首诗，是一支歌。

在姑苏，有一条小巷叫燕家巷，使我联想起刘禹锡的一首诗。而你正幽居在那里。当翠尾剪着雨脚和柳丝，我模拟杜鹃的鸣啼，和你相约于黄昏的巷口。

诗巷，极小极短又极精巧，仿佛一首五言绝句。那石子路，经常地被江南的细雨润泽。两旁古老的黑漆大门，兽纹铜环，已经绿锈。斜阳听衰落的门楣诉说繁华。唯在檐间萌发的青草，向深院的主人报告被遗忘的春的消息……

走在诗巷里，我下意识地诵吟戴望舒的《雨巷》，因为我也遇见了我希望遇见的姑娘，在我的前面，她终不回眸，像一支丁香，像一阵春雨，像一缕青烟……

我认为，诗人的诗，肯定在这里产生无疑。他定也曾经独自撑着橘红的油纸伞，在美的憧憬和朦胧的霏微里轻轻地叹息。

我的一个朋友，他住在瓣莲巷。那里有深院、月亮门、镂花窗、假山石、竹林、木樨树……他租赁了仿佛《聊斋》故事里书生投宿的后楼。他在楼上吹箫。我生怕黑夜吱呀的楼梯，响起女人迟疑的步履声……

我怀念姑苏的三条小巷：燕家巷、诗巷和瓣莲巷。

（选自《中华百年经典散文诗》，北岳文艺出版社，2003 年版）

雨霖铃

一盏梦遥，

雨，

潇潇。

灯下，稿纸惨白。绿色的小蛾扑来，一阵焦死的绿雨。

窗外夜雨，看不见，触不着，像盲者只听见自己的手杖在人生的道途，在光明的边沿，敲着跫音。

一声远又一声近。

潇潇，淅淅，澌澌，沥沥……

最初的一滴落在盲诗人的眼睫毛上，像昆虫的敏锐的触须，感知世间的冷暖，于是他看见故去了的母亲的容颜，和那温柔的泪光。

夜雨落在无人的深巷，如迟归的幽灵。

夜雨落在泊岸的乌篷，渔火朦胧，孤枕难眠。

夜雨落在金秋的枫叶上，吟笔哀弦谁听？

夜雨落在都舍的街头，泼洒红灯绿酒。

夜雨落在江湖的起落消长里，雨曲急骤缓徐。

潇潇，淅淅，澌澌，沥沥……

夜雨，

落在心里。

灯下惨白的稿纸上滑动笔尖，犹如盲者的手杖探路，用紧锣密鼓的全部的感知力量，升华人生的坎坷。

（选自《散文诗》，1992 年第 1 期）

邹岳汉

邹岳汉(1937—),湖南益阳人。著有散文诗集《启明星》《时光之水》《青春树下》及诗集《远去的帆》等。

雨　夜

谁的脚步？踏在了夜冰凉如水的背脊上。

踏在了一颗辗转反侧、刚刚得以入眠的心上。

嚓嚓嚓……是一场南来的骤雨,有声有势地横扫了过来,那么迅疾,那么热切,那么坚定。

所谓伊人?

那么出乎意料,或是正如所料。

嚓嚓嚓地,近了,近了……

那轻快的,熟悉的,蹬蹬有力的脚步声!

刚踏到初熟的梦的门口,又影子般踅过去了,踏上另一条伸向远方的、充满风雨泥泞的路。

没有半点迟疑,没有片刻的停留。

嚓嚓嚓……渐息,渐远,在梦与醒的边沿,最后消逝。

一朵梦的昙花,在夜雨来去匆匆的脚步声中,嫣然开放,又楸然谢落。

1991 年秋记于益阳

晚 宴

急迫的黄昏，将静寂的书院一条古旧的长廊，布置成一座深邃莫测的迷宫。

穿过去，灯火辉煌，满室烟雾。

呼唤出一阵不拘礼数的迎迓。

我是迟暮中归来的不速之客。

桌上无山珍。摆开古老的话题，捧上年轻的笑声。无忌惮的热忱，在友谊的圆桌上鼎鼎沸沸，烹调出一盘盘绝妙的美味。

冬夜的寒冷，已溶化于额角上冒着热气的汗珠，使之显得琥珀般晶亮；窗上初凝的冰花，于一小块被切割的天空，挂一枚淡薄如痕的新月。

咸、辣、多、热、抢，构成一部快节奏的五线谱；七手八脚，抒写一支锅盆碗盏奏鸣曲。余音绕梁，定然三日不绝。

心年轻了，牙还老着。

于是，困守在狼吞虎咽的包围圈里，慢咽细嚼，暗自品味着面前一小碟火爆的、半生半熟的菜肴。

暗自品味着青丝白发间半生半熟的人生。

古渡口

多少年了。

还是那个渡口。

还是那条渡船。

停停靠靠。春江秋月,不知多少来回。

两岸青山未老。过往船帆未老。过渡的人,也不见得比过去的老。

可是,我认识的这只渡船破旧了,老了。

我认识的这位渡船佬倌,鬓挂霜,眉沾雪,老了。

踏上悠悠晃晃的船头,躬身进舱,隔着通向舵舱的窄窄的小门,狡黠地探问:“还认得啵?”

睁大画满鱼尾、却依然小河般清澈的老花眼,打量我好一阵子,才“呵”了一声——

“认出来了。你不是……哈,老了!”

是老了。

古老的河上。古老的渡口。

古老的渡船,咿咿呀呀,把一代代人,

渡老了。

冬　夜

此刻的村庄,一群白狗。

披厚厚的落雪,蜷伏广袤无垠的雪原上,迷失归途。

偶尔传来几声汪汪的吠叫也是雪白的吗?

旷寞。

证实冰清玉洁的世界真实地存在。

一株老槐，几经风霜雨雪的鞭打，劫掠。

雪原上唯一站得住脚跟的硬汉子，举臂仰面朝天，徒劳地呼号着要索还丧失了的青春。

坏心眼的冬云，浊流暗涌，以决不干休的姿态，将醉倒的老太阳浸泡成一副冰凉的小石磨，悬挂在茅檐般低矮黯淡的天空下，碾撒疏一阵密一阵关于季节的闲言碎语。

不甘寂寞的蛙鼓手，自诩音乐家的秋虫们，此刻都躲进只能容纳下它们自己的小天地里。

有一个窗口，亮盏橘红的灯。

老人们围坐红彤彤的火塘，一边唠叨天是黑的，地是白的，一边揽定膝上的楠盘，

拣选着明年春播的种子。

（选自邹岳汉新浪博客）

管用和

管用和(1937—),湖北孝感人。著有诗集《欢乐的农村》《山寨水乡集》《水乡风采》《管用和诗选集》等。

野 竹

它那被月光照出的瘦影,至今还不时在我的乡梦里摇曳。

它那挽住晨雾、托起露点的鱼形叶片,至今留给我翠绿的记忆。

故乡,那不易引起人们注意的野竹啊,生长的砂砾成堆的荒岗上,茅草丛丛的野坡上,荆棘满布的塘塍上。一簇簇,一蓬蓬,一束束。又瘦又细的秆儿,像鸡骨一般;又窄又薄的叶儿,像鸡爪一样。

贫瘠、干旱、荒凉都不会使它感到凄苦,雨雪风霜无法改变它绿色的性格。年年生长,年年被砍伐,年年砍伐,年年又生长。

农家灶膛里的灰烬不就是它吗? 盛菜装果的筐篮不就是它吗? 池塘里的拦鱼的帘子不就是它吗? 禾场上长柄儿扫帚不就是它吗? 孩子们的风筝架子不就是它吗? 我手中的毛笔杆儿不就是它吗? ……

默默地出土,悄悄地冒尖,寂寞地生长。

不与大树比高低,不与浅草比长短,不与楠竹争宠爱。

人们虽然并未有意栽培它，但，它自个儿生长出来却毫不吝惜地献身给人们。

啊！我乡梦里的瘦影，我翠绿的记忆。让我用童年时常吹的叫叫——用它的管和叶做成的叫叫，来为它吹奏一支小曲吧！

竹　鞭

无疑，你是被埋没者。

但，意志与信念埋没不了。不息地追求，艰苦的探索，不畏阻碍，不怕曲折；坚强的意念节节增生，穿越厚厚的土层，钻透硬硬的石块；吸收，消化，充实，丰富，终于露出了自己的头角——萌发的新笋在春的呼唤声中冒尖了……

啊！你是被埋没者，只有泥土知道你进取的力量，也给予你以力量；只有渗进地下的水知道你脉搏的跳动，也给了你血液；只有埋藏的石头知道你的意志，也锻炼了你的意志；只有春天知道你的呼唤，也得到了她的呼唤——这向下的品格啊！这向上的精神呵！

无疑，你是埋没不了的！

（选自《中华百年经典散文诗》，北岳文艺出版社，2003 年版）

那家伦

那家伦(1938—　),白族,云南大理人。著有散文诗集《红叶集》《孔雀集》,小说《篝火边的歌声》《真挚的爱》,散文《澜沧江边》《放歌春潮间》《花海集》《那家伦散文集》等。

告诉时代(选章)

一

你从古老的历史中诞生,可是你却那么年青。你心灵中是燃烧着不会熄灭的火焰吧,它使你的青春力量永不衰竭……

因此,你要求我们每一个人都永葆青春,连白发苍苍的老人也在其内,连功勋卓著的将军也不例外。

如若谁变得苍老衰弱,他必定已经脱离你的怀抱。

二

你占据了从古到今的历史的最光辉一页。于是,整部历史都在凝神倾心地聆听你宏伟壮阔的大合唱。

鲍狄埃的诗句构成了你的最强音;他手执指挥棒得意地掀起

了你的主旋律。

三

你是海洋，生机蓬勃，波澜壮阔，奔腾轰鸣，永远不休歇。

在你的每一朵浪花里，都饱含着那么强烈的光辉，都包容着那么丰美的色彩。

五

你从不知疲倦；你给疲倦者以力量。你从不惧困难；你给困难者以智慧。你在失败面前从不退缩；你给失败者以信心。

同时，你也从不骄傲；你把骄傲者视为一颗沙粒、一片轻叶、一滴死水……

七

你要人们向你呈献一切：劳动，智慧，诗篇，爱情，生命……

对无私的呈献者，你也慷慨地赐予宝贵的东西：理想，青春，荣誉……

呈献得越多，你赐予得越丰富。呈献了生命的，你让他在历史中永生；呈献了劳动的，你让他在理想中不朽。

而什么也不呈献的，你让他在耻辱中腐臭。

九

无知的人、怯懦的人曾费力地去把你寻觅……

其实，你就在普通的地方：在生活里，在劳动里，在学习里，在斗争里……

呵，在每一个战斗者心里！

十

你随时随地都在播种理想，耕耘理想，收获理想。

可是，对每一个收获，你都决不满足。总是当一次收获到手，你马上又播种第二次……

你播种、耕耘、收获了一切美好的东西，可是你什么也不要，把它们全部给了我们。

你是最无私的。

——献给时代的一束心花

（选自《中华百年经典散文诗》，北岳文艺出版社，2003 年版）

刘　虔

刘虔(1939—)，湖南武冈人。著有《春天，燃烧的花朵》《心中的玫瑰》《大地与梦想》《刘虔的文学世界》等散文诗集和报告文学集。

盲杖上的祈祷

盲者走上盲道。突突突的沉重，击打着冷漠而喧嚣的城……

天意在他的盲杖上祈祷，一步一蹴，点石成金。

篱笆困锁的往事，已经结痂在童年的记忆里。

青青草色，枯萎在三月的田垄。

黑夜褪去最后一丝光羽，收住翅膀，回到内心。

芒鞋与破钵，已是生命不弃不离的依托。

褴褛一身，尊严破碎，却渴望着灿烂。

谁在城市的暗处，喊痛？

谁在寒凝街头的长夜，想火？

天要下雨，风吹树摇。

一任铁铸的踯躅，引领盲者前程难移的风涛……

雨季，又是穿越

穿越芭蕉声里的雨季，穿越风的羞赧与凝滞，又是穿越。

你的翅膀飞舞着蓝天赐予的星浪，驻留在一座远方古老的城池。

走过苦涩，长夜的日子不再哭泣。

干涸而矜持的心上，门窗怦然打开。

云中星河落地，水声漾漾，种子含笑。

我的幸运就这样在你命运的湿地与沟壑间，

傍着苇草和崖石，尘埃里超越，火一样生长。

踩着露水打湿的软泥小路，听山野黎明被林中的鸟鸣唤醒。

入夜的寂静拍击庭院老墙时，总有一抹月色和灯影在闪亮。

那正是你送达的眸光深入了我恒久的思量。

也深入着每一次瀚海探珠书香四溢的沉醉。

这穿越雨季的翅膀，已然穿越了一座城池的陌上红尘。

日子成为日子。心，赤脚踏着回乡的路，不再流浪……

（2016 年 6 月 1 日从多伦多到温哥华。
晴时起飞落时有雨）

（选自中国散文诗研究中心微信平台《重温经典》）

徐成淼

徐成淼(1939—),上海人。著有散文诗集《燃烧的爱梦》《太阳瀑布》等。

秋天的向日葵

她默默地低垂着她那金色的脸盘,面向着褐色的土地,静静地汲取地底的水分和养料,在阳光和空气中孕育着千百颗壮实的种子。

她在沉思里悠然入梦,梦见自己还是一个亭亭玉立的少女的时候,她曾经昂着她那轻盈的笑脸,追随着太阳转动;承受着温暖日光的亲切的甜吻,她为此赢得了一个多么美好的名称。

但在眼下这金色的秋天,她已不能勉为其难地昂着头颅去追随太阳的踪迹:颗粒饱满的花盘的重量使她再也不能转动。

她并不顾忌有名实不副之嫌,她知道孕育着的是千百颗未来的向着光明的热烈的心。

只有对面稻田里的稗草,却在秋风中更高地扬起它那轻巧的头颅,似在向世界宣告唯有它最忠于太阳,最向往光明……

(选自《人民日报》,1982 年 7 月 5 日)

王中才

王中才(1940—),山东宁津人。著有散文诗集《晓星集》《光斑集》及散文、小说、报告文学集多种。

小　路

我走过数不清的路,熙攘的,呆板的,灰暗的,苍白的……

对路,我已经十分厌烦。

在死一般的大戈壁,我突然看见一条模糊不清的小路,像一条柔软的白线,消失在天边……

我像一个落井的孩童,突然抓到了一条细细的井绳,胆怯地又欣喜地走上了这条路。

我知道,这条路的尽头,有生命的绿洲。

山　晨

一抹青灰的光,沿着坎坷的路,怯生生地爬上夜的墨帷,慢慢地由青灰变乳白了,变浅蓝了,变枯黄了,变嫣红了,变成了缤纷的七彩……

啊,晨曦,是稠浓的多彩的果子酒吗?从梦中醒来的人醉了。

爬过晨曦的坎坷的路，原是座座峰峦隆起的山梁，绚丽的彩光映出它凹凸的脊骨，山谷里深深地呼出战栗的风。

醉了的人高喊："大山醉了……"

醒了——大山认可地发出沉郁的回声。

其实，大山从来就没有睡过。它清醒地苦等了一个漫长的黑夜，直到光明从它脊背上爬起。

（选自《晓星集》，花城出版社，1981 年版）

草　莽

草莽(1943—　),本名余庆双,汉族蒙古裔,四川成都人。出版诗集《水,一弯美丽的发卡》《溯源神的故乡》等七部。

风　刀

天下最温柔的刀,是风刀。

风刀切割的时空像一圈一圈紧紧相连的弹簧,随风张弛,无限延伸。

在这个遥无边际的时空隧道里,万物以各自的方式生存着,拼搏着,憧憬着未来……

风是一流的雕刻大师,创作出千古江山美景——塞北的红柳顶霜傲雪,雪藏妖娆;江南的桃花迎春吐艳,艳染碧水。

天下最残忍的刀,是风刀。

风刀剐蹭万物,万物吐故纳新,生死轮回无穷尽也。

天上漂流的浮云是过客,迎春穿柳的燕子是过客,草丛中来往的蚁群是过客。时空隧道里塞满了过客的影子,影子的血和泪,流出脍炙人口的故事和扑朔迷离的谜团……

无形的风刀舞转时空,划割万物的国度和季节。风刀之中,顺者生,逆者死。

(选自中国散文诗微信平台)

席慕蓉

席慕蓉(1943—),女,蒙古族,全名穆伦·席连勃,原籍内蒙古察哈尔,现居台湾。著有诗集、散文集、画册及选本等50余种。

独 白

一

把向你借来的笔还给你吧。一切都发生在回首的刹那。

我的彻悟如果是源自一种迷乱,那么,我的种种迷乱不也就只是因为一种彻悟?

在一回首间,才忽然发现,原来,我一生的种种努力,不过只是为了要使周围的人都对我满意而已。为了要博得他人的称许与微笑,我战战兢兢地将自己套入所有的模式,所有的桎梏。

走到中途,才突然发现,我只剩下一副模糊的面目,和一条不能回头的路。把向你借来的笔还给你吧。

二

把向你借来的笔还给你吧。

他们说，在这世间，一切都必须有一个结束。

不是所有的人都能知道时光的含义。不是所有的人都懂得珍惜。太多的人喜欢把一切都分成段落，每一个段落都要斩钉截铁地宣告落幕。

而世间有多少无法落幕的盼望，有多少关注多少心思在幕落之后也不会休止。我亲爱的朋友啊！只有极少数的人才会察觉，那生命里最深处的泉源永远不会停歇。这世间并没有分离与衰老的命运，只有肯爱也不肯去爱的心。

涌泉仍在，岁月却飞驰而去。

把向你借来的笔还给你吧。

三

把向你借来的笔还给你吧。

而在那高高的清凉的山上，所有的冷杉仍然都继续向上生长。

在那一夜，我曾走进山林，在月光下站立，悄悄说出，一些对生命极为谦卑的憧憬。

那夜的山林都曾含泪聆听，聆听我简单而又美丽的心灵，却无法向我警告，那就在前面窥伺的种种曲折变幻的命运。

目送着我逐渐远去，所有的冷杉都在风里试着向我挥手，知道在路的尽头，必将有怆然回顾的时候。

怆然回顾，只见烟云流动，满山郁绿苍蓝的树丛。

一切都结束在回首的刹那。

把向你借来的笔还给你吧。

（选自《名家散文诗》，人民日报出版社，2004 年版）

徐　刚

徐刚(1945—　),上海崇明人。主要著作有《徐刚九行抒情诗》《抒情诗100首》《小草》《中国,另一种危机》等。

望　月

穿过一丛又一丛的樱花,我来到了月观峰上。

在这里,真觉得离开天穹太近了;而俯身去望泰安时,却是朦朦胧胧的一片,闪着朦朦胧胧的灯火。

离天上的星星、月亮似乎近在咫尺;离地上的炊烟、人家,似乎倒远隔天涯!

但,这里毕竟是地上——泰山也是大地的儿子。

月亮时隐时现,若明若暗。

她是怕羞吗?她知道今夜有那么多人在望着她吗?

我像孩子一样伸出手去,但够不着;只是感到了飕飕的冷气——莫不真的是"琼楼玉宇,高处不胜寒"?

嫦娥也许在抱怨,抱怨故乡的人,为什么不去看看寂寞的她?

月亮上已经插了美国的星条旗,但,嫦娥不愿意在星条旗下改变自己的国籍。

水是故乡甜。

月是故乡明！

日 出

日出是对于光明的期冀。

日出是生命诞生的壮观。

太阳不仅是以它的光和热，照耀着万物，也以它的脱颖而出的磅礴气势，激励着人们。

它是生机旺盛的。

它是不可阻挡的。

它是新鲜活泼的。

它像一轮火球，也像一个新生儿……

飘忽的迷雾不见了，一夜的寒冷消散了，小草们的叶子上挂着露珠，野丁香又微笑地站在峭壁上……

日观峰上密集的人群，都翘首东望着。

每个人的眼睛里都有一轮初升的旭日。

太阳微笑着，送我们下山。

（选自《中华百年经典散文诗》，北岳文艺出版社，2003 版）

野湖之夜

在一个无名的野湖边上。

原先，我并不知道有这个地方——陌生的世界哪儿只有一个呢？后来，我竟不由自主地走到了这里——在一个夜晚的月色的指点下，是一种神秘的亮色的吸引，是一朵小黄花的诱惑……

一个文静得有点孤独的野湖。

在大家都变得臃肿的时候，它是清瘦的。

远离着浓妆艳抹，它的自然就是它的风韵。

穿行在湖边的小路与丛林中。

没有人告诉我路该怎么走，黑夜也不是重得像铁。

小草会发出轻轻的吟唱，秋蝉在梦中的一声鸣叫，此时此地，有着雷声的宏大，我靠在一棵小树上，另一棵小树会伸出树枝拥抱我，不知道从哪儿掉下一滴露水，落在唇边，我是渴了，心灵焦渴着……

一个陌生的世界。

一个宁静的世界。

一个和谐的世界。

月亮把清光投在野湖上，从小树林里洒落下来，也投在我的身上。

我与大自然的距离，因为这月色而缩小，甚至有了沟通的桥梁。

这个良宵，有多少人把心儿托付给月亮了。

谁不希望向一个美丽而善良的姑娘，倾吐自己的衷肠呢？——尽管，它跟所有的人都是一样的亲近而又遥远……

（选自《胶东文学》）

蔡　旭

蔡旭（1946—　），广东电白人。出版散文诗集《蔡旭散文诗五十年选》等28部，散文集、短论集9部。

我愿倾诉，我愿倾听

小时向着母亲倾诉。

长大向着爱人倾诉。

从小到大，从壮到老，都可向着倾诉的，就是朋友啊！

倾诉，从巨大的成功到微不足道的愉悦，从爆炸性新闻到个人小小的秘密，从若狂的欢欣到心灵细微的颤动……

倾诉：呼天抢地的不幸，悲痛欲绝的苦难，怒发冲冠的气愤，跳进黄河也洗不清的冤屈……

有时是飞流直下的瀑布，有时是涓涓淌过的小溪，有时只是默默相望的无言的眼神或灵犀相通的会心的笑……

倾诉是一种交流，倾诉是一种信赖。无论是欢乐还是痛苦，向着知心的人，总是一吐为快！

我愿意向人倾诉，我亦愿意听人倾诉。

能够倾听并分享别人快乐的人，是幸福的人。

能够倾听并分担别人不幸的人，不是痛苦的人。

最痛苦的，只是那些听不到别人倾诉的，没有朋友的孤独者——

他的心，只是一片没有河流愿意流向的沙漠……

（选自散文诗集《在我心中散步》，南京出版社，1991 年 4 月版）

坐看退潮的大海

我又坐在故乡的大海边，读着退潮的大海。

不像涨潮时，那么兴高采烈地叫喊，那么汹涌澎湃昂首阔步地跳跃与跨越。

尽管也有声色，也有动静，也有一点小小的浪花。

尽管也在沙滩上留下一道吻痕，留下一些枯草与落叶的脚印，但绝不炫耀甚至也不留恋，那条曾经达到过的水准。

少时，我常在故乡观海。老来，我又回到故乡望海。

多少年了，我在反复的诵读与默念中，感叹它撤退的平静。

我认真想学，却终究还是学不到，大海它顺其自然，收放自如的进退。

（选自散文诗集《顺流而下》，河南文艺出版社，2011 年 1 月版）

听　海

大大小小的石头坐在沙滩上，听着大海说话。

我坐在它们中间，是一块新来的石头。

漫长的海湾，每一段说的并不一样。

不同的时段，也说着不同的声音。

有的嘻嘻哈哈，一路蹦跑，跳过晨曦的脚踝。

有的壮怀激烈，汹涌澎湃，宣布青春的飞扬。

有的风平浪静，平心静气，细说风轻与月白。

同大大小小的石头一样，我一动不动地坐着。

侧耳倾听大海说话的声音。

听着它，无意中说出了我的一生。

（选自《蔡旭散文诗五十年选》，复旦大学出版社，2015 年 6 月版）

陈慧瑛

陈慧瑛(1946—),女,祖籍福建厦门,新加坡归侨。出版《芳草天涯》《展翅的白鹭》《陈慧瑛散文选》等17部。

海边的小屋

我常常到海边散步。每回,走着走着,我总会踏上那条幽静的小路。路旁,有蔓生的三角梅,有开黄花的相思树,还有一栋孤零零的小木屋……

我喜欢在小屋前徘徊,听潮汐和海风,高一声低一声地殷殷相呼。这时候,那些掩藏在小路深处的记忆,那年青时光的梦幻、笑声和泪滴,甚至那曾经在路口埋下一颗红豆的往事,全都一一浮起……

然而,我不是来凭吊流逝的岁月,也不是来寻找青春的遗迹。啊,我只是为了那破旧的小木屋,曾经栖息过一个真正的人——一位优秀的植物学家。他在是非颠倒的年月,来自遥远的海外。不管世人的误解和冷眼,他执着地耕耘着南国边城的海地……

我是他孤独生涯中唯一的童友,我曾经用我温暖的小手,包扎过他流血的伤口……

后来，我远远地离开了故乡的海岸，心中却总牵挂着那海边的木屋。当花好月圆，我重返故里，他的坟头，已芳草萋萋；他苦心经营的奇花异木，也已几度新绿……

而今，我常常不由自主地沿着这海边的小路，来到这长满青苔的小屋。忘不了啊！那艰辛岁月里我们民族正直的脊骨——我时时为他献上我虔诚的心祭，他也时时净化着我的灵魂。

莎 莉

歌星莎莉，多像一串成熟的吐鲁番葡萄，红得发紫，甜得流蜜。莎莉生日那一天，母亲赠给她一个精致的首饰盒，里面装着一颗昂贵的珍珠，一只普通的蚌壳。

“这不值一文的东西，干吗和珍珠放在一起？”

莎莉噘着小嘴，取出了蚌壳。

“哦，那珍珠，原来也不过是一粒偶然流入蛤蚌里的沙粒。蛤蚌呢，用自己的心血，朝朝暮暮、岁岁年年，层层把沙粒裹起，终于孕就了她——高贵的珍珠。就连她晶莹的色泽、炫目的光辉，也是蛤蚌最后一颗珠泪凝成……”母亲娓娓地，仿佛在叙述着一个久远的、美丽的传说。

听着听着，莎莉想起了自己的摇篮……秀美的凤眼，也渐渐蓄起一颗珍珠。

她轻轻把蚌壳放回小盒里。

（选自《星星》诗刊）

韩作荣

韩作荣(1947—2013),笔名何安,黑龙江海伦人。著有诗集《万山军号鸣》《北方抒情诗》等,诗论集《感觉·智慧与诗》等。

陀　螺

在冰面旋转,旋转……

陀螺晕眩了,雪野流动,云层坠落,枯树的根在天空伸展,坚冰托着它滑动,风挤压它浑圆的躯体;在孩子皮鞭的抽击下,陀螺卷入了旋涡。

孩子制造了旋涡,可你自己就是旋涡。你旋转着,旋转着,张一张唱片,录下风雪的暴虐,林丛的低吟;似一团绳索,将日子一天天捆住,弃在冰冷的山野。

一个动荡的世界,旋转的世界,一个木然的躯体,被挤压得失去经神的躯体。

哦,旋转的晕眩中没有思想,自己就是旋涡,便离不开旋涡……

如黛的远山

如黛的远山，清清的溪水。

山林是寂静的。水流冲击着石块，迸溅着白的水花。

青青的灌木丛中，忽而传来鸟儿扑啦啦飞起的声音；而树干上一道道横的裂纹，像一只只眼睛，静静地望着这一切。一株树倒下了，横于小溪之上。是谁家的女孩子，坐在倒下的树干上，双脚，在溪水中拍打。

绿，无边的浓绿，可少女的红衣却像火焰一样在溪水上燃烧……

（选自《中国当代优秀散文诗精选》，北方文艺出版社，1990 年）

谢克强

谢克强(1947—),湖北黄冈人。著有诗集《孤旅》散文诗集《断章》《远山近水》等14部及《谢克强文集》(8卷)。

山 行

等待,毋宁说等待囚禁与死亡。

那么走吧,这是唯一的选择。于是,我穿上鞋子,深一脚浅一脚地走。

自从来到这个世界,我就准备穿风破雨,穿越遥远而空旷的人生。

我要去的地方,在山的那边,这就注定我要走山路了。

是的,山路是曲折坎坷的,也是寂寞孤独的。当天籁地籁人籁之声渐渐远逝,那太阳的金线编织的草鞋也迷失于童话,我流血的脚印抛却舒适的平庸之后,依然不肯在半途凝固。

走啊,深一脚浅一脚地走,悲壮的跋涉,我的挽歌谁唱!

穿过一条河,翻过一座山,我深一脚浅一脚地走,走向远山。

痛苦与困顿在哪?迷茫与向往在哪?希望与梦幻在哪?来路与归途在哪?……我将目光转向远方,山路,将我引入一个新的境界,使我的生命不断升向新的高度。

落　日

伫立黄昏。

一个又一个感性的细节再一次穿透记忆，一阵又一阵理性的风再一次撩起思绪，我凝望远方，不知寻找着什么。

不远处，人间至美的花朵不再开放，大地似在沉沦，枝头的树叶，正用凋零的旋律协奏季节的忧伤，而蓝蓝的炊烟，蓝蓝的归巢的鸟翅，淡入黄昏深邃幽远的梦。

夕阳欲言不语缓缓沉落，诗意很浓的晚霞渐渐黯淡，将我落满沧桑的表情衬托得有些伤感，也有些悲壮。

多少年了，独处世间，我肆意挥霍先哲留下的智慧与哲学。而此刻，不要说白昼以落日的辉煌来结束自己最后的歌唱，来结束先哲的智慧与哲学，我会走上前去握一把世纪末的钥匙，走进黑夜，

去开启另一个世纪的大门……

回首来路

挽一片流云，轻轻抚去额头的汗滴，哟，月亮和我撞了个满怀，溅起一片银辉，缓缓坠落山谷。

回首来路，我发现绯红的黎明和我一起站在峰顶了。

那打得我心灵隐痛又疲惫我的信念的淫雨呢？

那吹得我骨骼格响格响又酥软我的意志的山风呢？

那趔趄我的向往又坎坎坷坷磨砺我的脚步的山路呢？

那截断我的征途又弯弯曲曲折磨我的情感的山溪呢？

依着绯红的黎明，太阳与我不期而遇。

阳光，以其辉煌灿烂了我的思绪。

回首来路，我发现世界上最高的还是人。只要你肯付出汗水和血滴、力量和痛苦，

就没有达不到的境界，就没有攀不到的高处。

（选自散文诗集《断章》，解放军文艺出版社）

杨从彪

杨从彪(1947—),笔名洋滔,四川达县人。著有文学专集18部。

寂　寞

寂寞如酒,把它尘封起来,即使把坛子装满,也照样奔流,排山倒海,将你淹埋。寂寞的酒坛装得下天地,装得下宇宙。

寂寞是一天灿烂的星星,一颗星陨落下来,融入无边的黑暗,接着两颗、三颗……星星相继消失。繁花落尽,笙歌不再,苍凉得如同秋风中摇荡的苍茫芦苇。

秋天转瞬即逝,在呼啸的寒风里,冬天的第一场雪下起来,夹杂着细细的雨,“沙沙”地敲打着窗户,敲打着大地……

寂寞让人美丽,帷幕拉开,幽州台上,挥襟扬袖,慨世态炎凉,叹人生无常,寂寞充斥,泫然而涕。玉户帘卷,捣衣拂来,前有古人,后有来者,浩浩荡荡,源远流长。在这苍苍世上,寂寞成了高高低低的横杆,从时间深处排列开来,又默默伸向烟波茫茫的远方,有的人轻轻一纵就过去了,有的人穷其一生也难以逾越,寂寞横在头顶,用生命敲出苦涩的汁液,写出对灵魂的探索,编织一张撒在浩瀚大宇之中的网。

它网住什么了呢?

张庆岭

张庆岭（1948— ），笔名木水、大白，山东齐河人。著有诗集《张庆岭抒情诗选》、散文诗集《时光之约》、诗论集《悬空阁说诗》等。

站在故乡的原野上喊我的小名儿

喊一只，从心中伸出的，手。

可着劲儿地一抹，天，就蓝了；云，就白了。

小小的故乡，就温馨了，安详了。

奔波了大半辈子的人生，就辽阔了，停息了，落叶归根了。

站在故乡的原野上，喊我的小名儿。

——用一排排的杨树；

——用一条条的阡陌；

——用一片又一片一眼望不到边的麦田；

——用姐姐握成喇叭花状的纤手……

喊声里，显出如歌的画卷：

七八个光着屁股的童年，抬起头来，一齐从草地上打个滚儿，爬起，再用手抹去沾在身上的泥土，然后一溜风向家的方向跑去。

从此，我的小名儿，我那留在草地上的小名儿，就一直在故乡的原野上回荡，回荡。都五十年了，依然在那里回荡。今天，我要把它捡回来，安放在我的这首小诗里，让全国的诗友，都能听见。

不信——

就让已逝的故乡，再为你喊一遍。

哦！我的小名儿，我魂牵梦绕的乡愁。

豆腐梆子声声

豆腐梆子声声，敲碎小巷的静寂。

豆腐挑子停下，先招来一帮叽叽喳喳稚气未退的孩童，接着就是先后围拢来的四五个大妈、二婶、三奶奶。她们用踮着的小脚，从各自的生活里走出来，颤巍巍地，演绎着乡村绝版的一景。

一斤大豆，换二斤豆腐，几十年不变的行情，卖的是诚信，买的是公平。

唰、唰、唰，三刀两刀切下来，那溢着豆香的洁白，一块块递过来，上面涨满鲜嫩，一阵阵催人咽着口水，也一次次让人想入非非……

招呼连连，说笑阵阵。方言里有挑逗，有问候，也有揶揄，但，全是干干净净的乡风。

是谁端来了一碗白开水。卖豆腐的，一边接碗，一边道谢。

汗水从脸上流下来，滴在上午的阳光里，清新、闪亮，为淳朴的乡情，写满注脚。

卖豆腐的，脚步有些跛，踏着自己短短的身影，他从村口走出去。三十多年过去，再也没有回来。

黄河岸边大鼓书

太阳还没有落山，村南的场园里，就挤满了一条又一条的长板凳、短板凳。有多少耳朵痴迷，就有多少心灵饥饿，乡村，在等待一场渴盼已久的艺术洗礼。

大鼓一响，诸葛丞相怀抱琵琶端坐城楼，他十指齐舞，抖手飞出“十面埋伏”，天静静，地沉沉，丞相身边只有数十位老兵。而司马大将军凝气静观，他不仅知道丞相一生谨慎，更知道此乃一座空城。一挥手，他身后退走了十万雄兵——不用说，大将军的心里早已是成竹在胸，但，这回他必须送诸葛一个人情。

大鼓又响，只见宋太祖走下皇位，亲自斟满了十杯酒，“众爱卿平身，众爱卿辛苦了”，话音刚落，就见石守信、王审琦等十几员大将，举身跳入杯中，演绎了一场轰轰烈烈的“杯酒释兵权”的历史典故。于是，掌声四起，天地一片嘘唏。

等大鼓再次聚响，说书人早已挥汗如雨，两只盲目放出暗色的光来。大家一下子从三国、大宋,回到1972年的初秋……说书人的女儿,双手持一个盘子,收集着硬币们落入盘底的脆响——那是他们爷俩儿几天的口粮。

当然,盘子里,也盛着迷人的风情,以及中华传统文化的血性。

(选自《大沽河》,2017年第4期)

倪俊宇

倪俊宇(1948—),海南东方人,定居海口。著有《凤凰螺》《岁月的涛音》等。

静物:一壶,两杯茶

回忆,把时光割成方块,但思绪总是连绵不断。

这是一个小小的舞台,现实的帷幕已悄然落下。

意料的已经走过,期待的没有到来。

桌椅上还留有谁的体温?空空的四壁,缭绕谁的语声?

茶壶,抿紧嘴唇,为谁守住了某个秘密。

半杯茶水,有否品出微涩的心事?

时高时低的声调,记述了好些泛黄的细节。手势,打出各式各样,阐释了许多欲说还休的情感。

不要说是人一走,茶就凉,既然相逢,也就难说无缘。

请记住,某些情节或者场面,在人生某个驿站,是绿草染阶的天涯,红梅燃雪的北国,或一帘烟雨的江南,沙摩冷月的大漠,也许,又会再现重演……

(选自《星星》,2015 年第 3 期)

废墟:岁月已走远

一个个生动表情,一串串曲折故事,静静地深埋在岁月里了……

一个拒绝消失的死亡,百余年痛成风景。

鼎沸的市井喧嚣凝固了;

不眠的丝弦管笙歇憩了;

唯有那莲花凸放的檐瓦,那爬满绿苔的古瓷片,在幽幽地对谁诉说着落满积尘的繁盛与富庶?

倒下是它的命运,坚持是它的选择。用一种感伤的存在,构筑昔日的辉煌。

这个过程的光芒,温暖着断垣间的青草;

瓦砾旁,鲜艳的花开过,掉下主人心事的零乱。

沿着一段岁月的独白,我走向废墟。

紧靠先人的情感,聆听那些最初的声音……

这是一滴浊泪,走进历史的眼睛,该折射出些什么样的彩色呢?

(选自《2015 中国年度优秀散文诗》)

黄亚洲

黄亚洲(1949—),浙江杭州人。著有长篇小说等文学专著30余部,其中诗集23部。

我要像秋天一样有条不紊

秋天为叶子涂抹红色,很是细心,像为亲爱的人涂抹指甲;同时,向掠过原野的风注入一些寒冷,定时定量,循规蹈矩;甚至,每天坚持起早,为植被盖上一层薄薄的白霜,霜是雪的预演。

秋天娴熟而专业地持续自己的工作。她的调色盘是从北方进口的。她的大小画笔一丝不苟。她同时也在考虑为来年筹备一个新的秋天,那时候叶面上的红色将会更加鲜艳,掺进风里的那些寒冷会给人们带来久违的舒畅。

秋天是我人生的影子,就像原野上那些庄稼的影子。我学着秋天的样,一丝不苟地准备一切,只是,我的调色盘是手工自制的。

接着,我就将一个接一个打开心室,有条不紊。那里储存着严冬的各个月份。

我将有条不紊。我的循规蹈矩一定以秋天为节奏。秋天的颜料很充足,秋天装满了血。

这些血涂在树上,就是枫叶。

秋风在我耳边说

秋风从河的上游方向吹来。河流的波浪被吹得渐渐黏稠。我知道那些波浪最终将结冰,掩护鱼和时间。

我迎面于风,常会咳嗽。我的咳嗽与大雁的鸣叫基本上发生在同一时刻。雁阵轮流排出“人”字或者“一”字,无论哪一个字,都是我在这个季节的姿态写照。

在这个季节我是单数,并且容易沉湎于思考,思考是人做的事情;因为,冬天毕竟不远了,我必须在自己的思想里咳嗽几声。

我听见秋风在我耳边说,在结冰之前,思考结冰后的种种,并非绝望,非常合适。

大雁帮腔说,就是这样。它们的帮腔没有声音,只用身姿表达,前一句是个“人”字,后一句是个“一”字。

无法省略的秋虫

这当然是他们最热闹的时刻。

每一块断砖或者草丛都是他们完整的大旗。每一处丘陵、树林和河岸都是他们的思想高地。他们肆无忌惮,欢呼并且抗议,充分表达对不同季节的不同原则立场。

任何一双悄悄临近的鞋底都会使他们中场休息。他们会喝口露水润润嗓子,但是显然,他们的不发声是暂时的。他们知道自己的强大。他们的历史比人类的要悠长许多,他们选择某一个声部代表历史说话。他们的说话持久、权威且可靠。他们从来不作战略退却。

而且据说,在未来某个可怕的时期,当人类的歌唱丢失了声部之后,唯有地层深处的他们还能代表地球的文明。那时候他们在意识形态里的形象伟岸而高大。他们依旧推动土壤的颗粒,唱着劳动的号子,或者继续在月光下进行欢呼与抗议。

他们是史书上的一群标点。

即便那一刻,文字不再继续前进,他们也照旧聚集在最后一章,照旧行走,哪怕只是作为一串又一串的省略号。

我现在要蹲在断砖前倾听。我现在要明白,一些最单纯的表达,才是最尖端的思想。

另外所有的一切,本质上都是断砖。断砖是一切上层建筑的最后形态。

王幅明

王幅明(1949—),河南唐河人。著有《美丽的混血儿》《天堂书屋随笔》《追忆与仰望》等。

暗 处

只有身在暗处,才能看清强光下的事物。

可观察过人类的朋友猫咪?猫在捕捉老鼠前,常常隐身暗处。

有人抱怨暗处生活,以为会埋没自己。他们也许不知,周文王正是在监狱羑里城,推演出传世的《周易》;老子隐居函谷关,写出了普世教科书《道德经》;陈景润在六平方米的斗室,完成数学难题《哥德巴赫猜想》。

有人喜欢在聚光灯下频频亮相。才华被放大,缺点也被放大了。一件丑事在无名者身上,也许是小事一桩;因为是公众人物,便瞬间变成公敌。

更多的人满足于平静的暗处生涯,其乐融融。身在暗处,心态却阳光明媚。

一场狂风过后,高大的树木被折断腰身,甚至连根拔起;暗处的那些弱者,包括微不足道的小草,全都神奇地存活。

王者归来

迷失了许久的王者，就要归来了。

他快乐无比，那个踏入归途的汉子。

他从不奢望去当别人的王者。他所有的梦想，只是当一个自己的王者。

即便如此，也难以实现。不能享有自由的人，何以成为王者？

为无谓的会议所困，为伤身的应酬和饭局所困，为自欺欺人的八股文和发言所困，为无师自通的陋习和潜规则所困，为仅为生存需要的差事所困，为回到家中只想倒头入睡所困。

他渴望有一天，由自己来主宰自己，把深埋心底的热爱全部开发，喷射成绚丽的火花。给别人带来快乐，也为自己带来快乐。

这一天，已经来临。

王者，真正的王者，归来了。

（选自《青岛文学》，2014 年第 8 期）

刘再光

刘再光(1951—),女,湖南长沙人。著有散文诗集《星星河》《流星雨》(均与人合集)。

夜西沙(选二)

月 下

是因为一阵又一阵海风的热切呼唤吧;是因为海和岛融化于黑暗中的美无言的感化吧;是因为墨黑的海中,倏然一闪的游鱼的金斑和东一簇、西一簇的绿色光点的诱惑吧——月亮升起来了。

我紧了紧肩上的枪,抬头望去:天色透明的月魂正在翩翩舞袖,忽上忽下地飞扬,漫天撒播着银色的芬芳。于是:

浪花在隐约中吐放了。

山湾在朦胧中微笑了。

丛林在浅醉中吟唱了,它们给小岛唱一支摇篮曲。

而小岛,头枕万顷波涛,开始做银光闪烁的梦了……

哦,天上的月亮也这样爱着我们的西沙吗?我又紧了紧肩上的枪,沿珊瑚沙滩向前走去。

夜　歌

穿过细细的风声涛声，有一种奇异的音调，时而清晰，时而模糊地向我飘来。

我潜心地辨听，听出是岛上的生物——鲣鸟、野牛、羊角树、海巴戟天……合唱的夜歌，一曲自由得近乎散漫的夜歌。

歌声高高低低随我飘荡，一意地缠着我心中长长的思绪，要将它送到辽远的、辽远的地方去。

……那辽远而辽远处，是一片历史之海吧。在时间的涌浪里，有自琼崖向西南漂移的点点渔火，有中华巡使立在风帆下的身影……

噢，自由得近乎散漫的夜歌，你也时而清晰、时而模糊地缠绕过那辽远的一切吗？

（选自《中华百年经典散文诗》，北岳文艺出版社，2003 年版）

林清玄

林清玄(1953—),笔名秦情、林漓、林大悲等,台湾高雄人。著有散文集《蝴蝶无须》《莲花开落》《冷月钟笛》及报告文学集《传灯》《难遣人间未了情》等。

离去的小路

这是当年你离去的那一条小路吗?阶梯上的榕树还是原来的样子(似乎又老了一些),路旁的金菊花仍然盛开(仿佛没有从前那么艳黄),巷仔口的路灯也在原来的位置(如若缺乏昔日的光明)。你家的窗口还是有我熟悉的灯光(但是窗帘好像换过了)。

这是当年你离去的那一条小路吗?你说过你不是轻易道别的人(你的话总像春天的风吹过),你说过你不愿意一生只爱一次(你的誓言有如夏日午后的西北雨),你常常用泪来印证某些情爱的不朽(你的泪轻忽得似秋日流过的浮云),你说天下总会有一种永恒的情意(你这样说时,就像很冷很冷的冬天清晨我们口中所呼出的热气)。

这是当年你离去的一条小路吗?我试着用年轻时欢跃的碎

步来走（但我已经胖了），我试着以深深地呼吸来探触（但空气污染了），我试着想象你的唇、你的表情、你的气息、你的五官（但真像电影的聚焦镜头，带着模糊的一种忧郁）。

这是我看着你离去的小路。我看到红砖已全部换新的了，路竟像自己走了起来，我站着，让路带着我，然后我们高高地飞起。

在空中我看见年轻的自己正在路上，身影极小，吹着口哨，哨音里有忧伤凄楚的调子。

（选自《名家散文诗》，人民日报出版社，2004 年）

萧红涛

萧红涛(1954—2015),四川南充人。著有散文诗集《雨季的南方》等多部。

淡太阳

若豆一粒,橙黄黄地种于远远的天际。
灰灰的云帷,柔柔而富弹性。
投目眺望。
那淡淡的圆,若团绒绒的云帕。
天幕闭闭阖阖。
瞬时,消隐得无痕无迹。
南方仲夏的初晨,天宇宁静,而人心不静。
是旋飞的鸟群衔置在了蓝色远山的榛莽?
是南方人的目光掏走了这只软软的球果?
不得而知。
若有所失。

珍珠蝶

飞进初夏的傍晚。

珍珠蝶在淡白的阳光里,格外醒目。

早春的花谢了,款款飘零。

珍珠蝶逸然而至。

平平然,默默然。

凝视落英,想那个女孩的浪漫故事,很是伤感。

这是南方初夏的傍晚。

那只轻盈的斑斓蝶,弹动枚枚如玉的眼睛,短暂地盘旋。

有道蓝色的弧线,倏然划过。

任其在南方的榛莽里消散和弥漫。

飞入暮色的珍珠蝶,驮负着沉沉的追想。

蜀乡春晓

风雪又怎样呢?

古树弯曲成一种气势。断臂,擎起绿的舞台,溪水腾跳的波浪——新来者,不拘一格,浪漫云霄。

大山思绪如潮。不想固守一隅了吗?

江水无极纯情无极。

小船总是虔诚,等你:一切复活了的跃跃欲试的生命,走出忧郁,走向山外。

(选自《星星》诗刊)

梁　平

梁平(1955—　),重庆人,现居成都。著有诗集《重庆书》《梁平诗选》《琥珀色的波兰》《深呼吸》等。

或者悼词

一

生命不能承受的轻只有一个真相。

轻到鄙视自己所做过的一切:为街头一个乞丐递上百元大钞;为一个卧轨的名字耿耿于怀;为一朵落红唏嘘;为悬崖边的一只马蹄献出我半个身躯。

这些,都不敌一支出墙的红杏,可以把满枝丫的绿叶改制成帽子,立等可取,让有关无关的路人皆成兄弟。之后,还可以莞尔,还可以天真,还可以楚楚动人。

这中间的区别在于,一个是怜悯,一个是布局。

别以为一谈及生命就只能配以大词,击垮生命的不是雷霆与风暴,而是比鸿毛轻、最没有重量的蒜皮鸡毛。一个转身,就是句号。

所谓真相,就是另一种方式的自虐。

二

能够撕心裂肺的不是恨，是爱，刻骨的爱。

能够和她在一起的时候，容忍，孜孜不倦地容忍。

如果有最后绷断的一根神经，那只是消费过后的一件遗物，惨不忍睹；只是不经意拂弄头发之后的比较；只是自己成为一个故事的角色；只是终于看清了这一切的一切，都是自以为是。

一条手织的围脖留下了。

留下丢失的针眼和漏洞，留下可以填补的可能。这是一种真实，比解释可靠，比眼泪可靠。所以，应该用一生来收拾残局，在老地方等她。

三

走远了，有一种明白无误的错。

可以不承认错，但是不能将错就错，那样的人生就没法整理。

据说有上帝，上帝是原谅错误的，所以错并不可怕。怕的是拒绝正视，拒绝原谅，拒绝甚至无须表白的悔过。一枚落地的果可以成脯，也可以成泥。

人生无非就是生与死，爱与恨。生要磊落，死要辉煌；爱到天翻地覆消解的是恨。我从来不相信爱有好深，恨就有好深。

每个人都是为受难而生，不是享受。

努力做一个不可复制的人，与众，不同。

四

坚决不死，尤其一个男人。

即使血流成河，也要把骨头嚼成粉末涂抹伤口。

就这样死去的我的朋友、兄弟，我在哀痛之后一定要骂你。

不管你有一千个理由伤透了心，都不能撒手而去。没有比死更轻松的事情，你却选择了轻松。你不是一个真男人。

我愿意摘下满天的星星为你祈祷。但是赞美你的死，我一个字也不会给你。要这样的死，我也该死了。但是我坚决不。

要用生命的长度去丈量真与假、丑与恶，然后谅解，然后宽容，然后荡尽阴霾与尘埃。

心很小不能装得太多，经常清空，留下美好就够了。

留下的美好总有一天会回来。

（选自《星星·散文诗》，2016年第6期）

潘永翔

潘永翔(1955—),黑龙江海伦人。出版文学著作《灵魂家园》《红雪地》《潘永翔散文选》等10多部。

紫薇花开

透过江南迷蒙的雨雾,涉水而来的紫薇花,在深夜悄然开放。走进北方干燥的季节里,你的花期依旧美丽如初。

我听到了你微微的叹息。气流浮动长发,我在南方的街角,静静地欣赏你和风的舞蹈。在那个古老的巷子里,你婀娜的身影曾经使时间停滞。

这就是我的花了,紫薇。我的情感迷失在你的细碎的花瓣里。那微甜的花香,会让我甜蜜一生吗?

你的双眸为我指明哪里有栅栏和水,哪里是家园,哪里有灯光。

走在寒冷的街头,想你怎样地疯狂和柔顺,想你的笑声怎样地抽打在我的心上。一次又一次……

我就坐在你的荫凉下,听江南的脚步声深入到我的思想里。

涉水而来的花朵,不论旱季还是雨季,终年开放在天堂里。

心灵的花朵,你让我知道怎样地望穿秋水。

在我生命中一定会有未来的日子,而未来的日子里也会有你。

你的花期

独坐江南,我就是等待你的人。

蒙蒙细雨中的闪电再一次照亮我的忧郁,你那带着江南湿润气息的目光会洞穿我一生的寂寞。

盛夏的花朵,在我的怀抱里开放。深树浅草,风花雪月,是你思想的片片叶子。

紫薇,我见过你。在秋风渐凉的夜晚,雪花飘在孤独的深处。你远去的身影,孤单无依。你穿着谁为你准备的嫁衣,在夜晚,在寂寞的时刻,望着天狼星下的村庄。

紫薇芊芊,在你想我的时刻,我正赶着我的马车,疾驰在去往你心灵的路上。

等我,紫薇。我知道我已错过了花期,我的马车已为你准备好上路的誓言和御寒的冬装。在你到来之前,我会扫尽雪花和寒冷,在一个纯净的院子里等你。

等我,紫薇。即使今生无缘,来生,我一定在通往天堂的路上等你!

找到你

我要找到你!

找到我一生一世的幸福。跋山涉水，我从天狼星下出发，日夜兼程，在通往江南的路上，寻找你的身影。

紫薇，精神的花朵，永不凋谢的誓言。

草和水，露珠和曙光，还有你远方的花香，是我生命里永远的欢娱和痛苦。是我脚印里永远盛不下的光芒，是我无法摆脱的宿命。

每当生活给我太多失望的时候，你就会给我阳光和温暖，给我雨露和安慰。

一路风尘。透过岁月的风雨，走过北方冬季的寒冷和南方雨季的潮湿，你会在窗前等我吗？

我要找到你，找到你十指上绽开的微笑，找到你眼睛里成熟了的那片草原，还有你为我守候一生的纯洁和幸福！

孤独的花儿，有谁会像你这样一生只为爱情而开放？

找到你！我会把所有的世界交给你，我的内心风景，我的牛羊马匹，我的草原和流水。还有我的梦我的心情！

历尽千难万险，我要找到你！

（选自《散文诗世界》，2004 年第 5 期）

韩嘉川

韩嘉川（1955— ），笔名肖汉，山东青岛人。著有散文诗集《海角，亮起了渔灯》《水手酒吧》等；散文集《阳光海岸》《饥饿的海》，小说《天井》及电视作品多种。

浸泡的时间

哦，想起来了，只要母亲在，就会拥有童年……

当苜蓿草与芙蓉花，为诗人开得耐人寻味……

那个下午的恋人，把必胜客的午餐缠绵了很久，为光阴属于谁而争论不休。

洗衣房，葡萄酒杯，吵架的楼梯与婴儿的尿布在象牙色的午后阳光下飘飘摇摇。

当常春藤在隔街相望的墙壁上，为诗人耐人寻味地浓绿着……

窗外有雨的那个下午，光线暧昧地散射在地板和她的臂膊上，湿漉漉的空间拥挤着手机的信号，雨棚下的市场无数面孔的花朵在阴暗中开放。

过街通道，旧照片，台阶上的硬币与遥远的吉他在午后的细雨中呼唤着乳名，哦，想起来了，只要有母亲在，就会拥有童年……

当有门廊的洋房前，风从不同的方向为诗人耐人寻味地刮着……

白栅栏把黄昏挡在外面，橙黄色的麦酒折射着田野与阳光的分量，胡子与刀片，海魂衫与烟斗让人想起家的气味儿是一杯醇厚的老酒。

一条拐杖引领着风中的絮语，念叨着一个漫长的故事；当颤抖的手采摘一朵微亮的晨曦，插在梦的边缘；当孤独的街灯在胡同口怅惘地低垂成满腹心事，被浸泡的皱褶爬满心头的时候，伸伸手任阳光从栅栏一样的指缝中漏走……

（选自《2013中国年度散文诗》，漓江出版社，2014年1月版）

走　过

——给一位走过历史的诗人

你从大地上走过……
大雁的鸣叫依然在空中，千年沧桑的风云已在变幻。
撩起半边窗帘掀开残垣断壁后的半边天空，
搭在斗拱檐下的野百合花，与天井一角的阳光对话。

你从原野中走过……
独行的脚步，发出蟋蟀金翅震颤的铮铮嘶鸣。

梧桐树干挺直的腰杆里，蓄积着大地万物混响的乐曲。

芦苇沿着风向与阡陌草芥一起抒发着洪荒的和声。

你从街头巷道间走过……

煤油灯下的墙缝，挤出的病菌黑色风影一样撕扯着诗人的灵魂。

梦里的汗水浸泡的诗句，比现实更残忍；早晨的窗子却是一纸光明。

深秋的咳嗽震落一片片黄叶，而攀缘着树的骨头，思想的鸟儿振翅纷飞。

你从血色夕晖下走过……

从此眼睛不再落空，任雨丝拉开的弓箭射向忧郁的魂灵。

午夜的街灯张贴着饥饿的广告，古城回旋着沉重老低音的吟唱。

穷人伤口里的种子在发芽，在文字栅栏的空格写下的诗行令泥土振动。

你从滚滚车轮旁走过……

如赤裸的大脚追索历史的辙痕，道路向你挺直了腰身。

雨水洗净了大地，阳光的力量找到了你人生的轨迹。

扯着黎明的光亮，循着命运的电波向大海出发。

你从一个时代驳杂的窗口走过……

时光碎片组合的列车已经驶离月台，向东迎着朝阳的光芒前行。

树木在走大地在走生命在走，蔚蓝的潮汐以流浪者的自由韵脚在走。

每天涌动的浪花是崭新的，礁石在碧海蓝天中施展坚定的姿容……

（选自《中国诗人》，2017 年第 1 期）

遥远的葡萄

那滋味儿，蕴含着牧场、奶牛，黝黑的栅栏与蔷薇瓣上的晨曦，还有女人和狗。

而开裂的库房门，以及稻草、叉子、独轮车，将阳光贮藏成了蛛网状的记忆……

陈腐的黄昏在马车上摇摇晃晃，然后进入酿制的木槽，夜晚便酸涩了起来。

将二十世纪六十年代浓烈的阳光倒进杯子里，仔细品味那个年代的骚动与狂热；即使那是法兰西遍布牛羊侧影的山坡和葡萄粒儿与露滴纠结的庄园，燥热的大地依然催熟着少男少女的满腔豪情……

过去多少年以后，一杯窖藏的葡萄酒，依然映出了红彤彤的东方味道儿。

牧场遥远。夏夜的葡萄须窸窸窣窣。

童年的片段在灯影下,涌动着奔泻的河水与祖母的歌谣。

衣袂窸窸窣窣地漫散开神秘,餐桌上的灯盏与杯盘碰撞的声韵抖索着墙角的暗影儿。

眼神儿烁动。蚊虫像宣传队一样舞蹈。走动在栅栏之外,杂沓的步伐在目光之外,黑马奔驰在光之所及之外……

牧场遥远。雨水标注着河流的走势,水纹若无数面旗帜在波动,墙壁上的水珠儿流溢成未能达意的文字,夜空的尽处有声浪若潮湿的香草在闪亮。

而秋草终于干透了一个季节,打成了捆,在库房里。门板车裂了,仿如胖女人敞开的衣襟。还有勒勒车和成堆的葡萄腐败的气味儿流泻出汁水。

葡萄架披着风雨与烈日的苍老,守望着空阔的道路与失圆大车轮子;路的尽头有一棵树若口号一样站在地平线上。

牧场遥远。田野上的庄稼已经收割干净,阳光可以在那里打着滚儿消磨时光。

黄昏降临,目光与餐具擦碰出的傍晚的宁谧中,散发着酒窖里发酵的酸葡萄气味儿。

童年的灯影里,弥散着窸窸窣窣的薰衣草风潮。草帽和五角星挂在墙上,还有风灯与倚靠在墙上的草叉。

一杯红葡萄酒,味道里居然浸泡着那个浓郁的秋天,浸泡着一个有葡萄园的牧场。雨季过后便是一个干旱的年份,那个年份酿出的酒最浓烈,那个年份人们满头大汗地在街头举着拳头砸烂一切……而那个年份采摘葡萄的少女,正在风烛的残夜,看年轻人赤脚踩葡萄酿酒,看穿红裙子的女孩儿跳西班牙舞。

哦，那是一瓶打着年份标记的葡萄酒，打着那个年份的阳光印记的牧场的狂热与骚动，已经沉寂在殷红的葡萄酒液里了，祖母将那个年份的记忆倒在透明的醒酒器里，等它慢慢醒来。

（选自《散文诗世界》，2011 年第 8 期）

陈广德

陈广德(1956—),祖籍山东德州,生于江苏新沂。笔名陈绎如、无伞之旅等。著有诗文集10部。

迎　夏

有水草在体内萌动时,春就深了——

这应该就是初恋。初恋降临,就是成人了。

春深为了迎夏。

成人就是夏——如果人生也可以分为四季。

夏是相信奇迹的,因之迎夏的人在春里积蓄。浓荫渐起,月夜不凉了。

夏就是磨炼,春的温软与躁动、舒缓与盎然,都将在夏的磨炼里淋漓尽致——

阳光在磨炼中由抚摸成长为洒泻,绿叶在磨炼中由稚嫩走向成熟。飞扬的更飞扬,深沉的更深沉……

你告诉过我,惜春以迎夏,爱春夏更浓!是的,春在夏的注视下,正醇厚而激昂……

夏季里，还有避雨的蝶呢。怎能不避？张爱玲都发现了《夏雨》的“声如羯鼓”啊！而高骈的“水晶帘动微风起，满架蔷薇一院香”，更是对夏的摇晃。

夏是明亮，夏是热烈。

夏是一个不用化妆而美丽的季节！

迎夏，我就是那缱绻的长琴，放飞一串串荷露——在你蓊郁的草丛！

山　水

一万年了，都说是风景。

山是水的风景，水是山的风景；山水是月光的风景……

一座青山，一江春水。

奔突的岩浆呢？

远古的一段爱情。孤傲的头颅，有激情在心底燃烧，却寡言敏行——“若不同心，岂能同行？”——相依相偎了，用得着说？偏有苦涩在另一半的唇齿之间游弋，欲说还止，有泪浸心；从春到夏，从秋到冬……

弦欲断。

大惊！

内心的炽热奔涌，成山。有水环绕山脚，淙淙。

还在等那句话吗?

谁说弱不禁风——北风如刀,割不断坚硬之水;偏有小南风,妄图缥缈柔情……希望冷却过,被阳光引燃;期冀凋零过,让月色唤醒。一泓生命的泉,一尖蓄势的峰,脉脉在世人的凝望之中……

山峰终于听懂了流水的心音!

深情一声:我爱你!青山已成为温柔的江岸;春水,正向幽深处奔腾……

一万年的美丽,如今才进入从容!

(选自《水边的远行》,中国文联出版社,2008 年版)

地　父

地父(1956—　),本名刘文清,湖北天门人。出版散文诗集2部。

春深处

风吹在身上,所有现象都存在合理,过渡只是演绎。

——手记

俯身拾起一片花瓣,放哪里?把时光前移一千年,或许无人在意。

夹入书、埋进土、沉入水底……

处理一件春天的遗物,比创造一个春天难!最好不要让人发现这一细节,静沐暖风,默默前行。

把善良的手指,藏于暖和的荷包;偶遇寒意也要装出开心,不要忘乎所以,你的身上还残留着冬的痕迹。

坦途、绝壁,身前、身后,新的、旧的,正在交替;所有现象都存在合理,过渡只是演绎;一树花可以怒放,也可以碾为泥。

要像一片云,随意而来、坦然离去;风吹在身上,作为一种叮咛!

(选自《散文诗世界》,2016年第3期)

张少恩

张少恩(1956—　),辽宁营口人。著有诗集《雄辩的青春》。

梨花烛照四月天(节选)

一

谁说梨花娇柔稚嫩?

四月里的那一天,它们一喊号,就把千朵莲花山扛在肩上。巍峨拨青天,迤逦弹风弦,枝枝衔玉摇银,树树含光吐芳。云雾缭绕,天使蹁跹,人间仙境在千山。我的心随仰望隆隆上升。我在云间盘旋,俯瞰,要把这缥缈的四月看个遍。

皎皎的鸟啼,冰雪的吟唱擦拭我芬芳的倾听。圣洁的梨花在耀眼的视听里繁荣。不需哲人的点化,箴言的指路和提醒。一片梨花,一片片梨花烛照我梦想的前程。悠远的沉默仿佛萧疏的旷野终于等来了这一场漂亮的大雪,古老而沉重的躯体突然活泛了起来,素洁而摇曳的花枝重赐我青春的妙龄,闪亮的光蕊翻出我幽秘的内心,温婉的明眸使我彻底倾倒。

这一夜，我在清纯的花间记下生命的诞辰。

二

我急于探求这夜的内幕。意念的白马在月光下腾跃、驰骋，嗒嗒的芬芳穿过我的耳际，融入我的鼻息。我的心灵和肺腑在幽夜里晴空万里。

倾听的细枝低垂，呼吸的渊谷回响。我欲意的彼岸月色芳浓，徘徊之影充满渴意的等候。我欲与你同行，且行且止，迷醉地相拥。你皎然的怀正适宜于我爱的投放。这一夜我不想虚度，我要献上威猛的气息，嘹亮的花香。

月光融融，是喜悦，是灿烂的许诺，不是泪光和浓愁。我在沉醉中分享梨花的圣洁与光荣。众神于此相聚，婀娜多姿的仙女窃窃私语。我欲投奔，怀抱一世的虔诚。

寂静泛白，瓷实的光泽温润而明亮。我渴意的指尖氤氲着春夜的气味，而我不忍触摸羞涩的花瓣，风赐予我的暧昧，正适于月夜的消费。

我的自觉之心乃是灵魂的尊贵。

三

我的心事在梨花上磨砺。思想的闪电终要突破密集的云层。幽幽的光芒将黑暗照亮，不朽的生命需要爱的吐哺与滋养。

风来了，我必须献上激荡与澎湃。无视岸，岸不存在，或者它只在我止息的身边出现。矜持与端肃是石头的造像，我绝不仿效和苟同，我要把美愿与梦想弄得风生水起，烟云弥漫。

我睥睨死水一潭，轻蔑一切的虚荣与虚妄。

春天来了，我要握住她纤纤的素手。她就是我一世的所求，我不能再等另外的盛放。一切就在眼下，我绝不放过，花枝般的炫耀与招展，吐放内心的渴意，献上我热烈的痴狂。撕裂紧闭的硬壳，在袅娜的枝间奔走，为自己的觉醒欢呼雀跃。

我听见每一朵盛开的梨花都在幸福地尖叫。

四

知道每一次怒放都有凋落的跟踪。生命的祭坛，超度的道场，让灵魂一次次升华和转场。风，一次次吹灭缤纷的欲火，但寂寞的花冢并不会收走人间绵延的爱意，弥布的芬芳。

我用深挚的爱吟诵人间的四月天，所有的花朵都应和，而梨花更纯净高亢。

我可以放弃一切，金钱名利，香车宝马，但绝不疏忽梨花微雨，月色的暗香。我从三月开始，就在心里筹谋满枝的香雪，吐玉的山坳，让皎然的道德之花回访人间。

我不会放弃内心的高朗与雪白。我唯一追求的就是精神的纯粹，不留瑕疵，纤尘不染。我宁要瞬间的熠辉，而舍去昏昧的一生。我羞惭从前的混沌，灵魂的含混不清。愿意用一纳米的精纯与剔透换取一瓣冰雪聪明。

同气相求，同声相应。

只有高尚才能被高尚追捧和认同。

五

它们秘密的结盟，同一时盛开。

阳光堆涌，月光澎湃，时光不圬，锃明瓦亮。煌煌之洁白，排山倒海。大地吐玉，泛波雪浪，亿万只白天鹅扇动嘹亮的翅膀。

我愿意在此融溶、淹灭，涅槃重生。

愿意于此飘然虚幻，羽化而登仙。愿化清风一缕，拥抱千枝万杪的吐放。深植于空蒙的月色，婆娑于俏丽的花瓣，阳光四溢的春暖。

世间所有优美的情愫都于此存放，即使路途迢迢，你也要奔赴，来领取一份。清漪的召唤，赫赫在目，正可荡涤你内心的垢积与烦愁。星光在上，它盯紧了你的脚步，你不可踌躇，不可彷徨犹豫。叮当的月光，花间的银铃，你可听得清？飘香的风影，舒卷的白云，都是灵魂的景深。

不想归去，不愿归去，不能归去。

梨花不尽的缱绻胜于车水马龙的喧腾。

（选自《岁月》，2017 年第 9 期）

何敬君

何敬君(1957—),笔名老河,山东即墨人。著有散文诗集《从五月到五月》《逝水年华》《谛听:阳光走过大地》及诗集多部。

1995:油菜花盛开在雪地上

一个房间。

穿过一条幽幽暗暗的走廊,我仄着身子进入。

房间哗然一抖,灿烂耀眼。

耀眼的一幅油画:油菜花盛开在雪地上。

我被置于油菜花丛,壶口的胸膛里,恢宏的乐章轰然交响,但喉咙失声,沉默承受着九天而下的瀑布……

一个天南地北的房间。

房间里的每一次云彩都可能降雪,每一次云彩都可能开放油菜花。

雪地上盛开着油菜花。

黄黄的油菜花让雪地更为凛冽宽阔。

皑皑的雪地让油菜花无比灿烂热烈。

这凛冽,这灿烂,交加着。

刺痛我:从眼痛……到心痛……

一幅油画。

雪地……油菜花……

油菜花……雪地……

从画外铺到画里,从画里铺到画外。

灿烂耀眼,绵延无边……

1995:油菜花盛开在雪地上。

我走了很远的路。

在油菜花里迷失了自己……

在雪地上找回了自己……

(选自《逝水年华》)

温一壶月光

是一个晴朗的初秋之夜吧。

将圆未圆的月,一个后唐的词牌泊在西湖的画舫上。点点薄云是轻桨拨开的涟漪,袅袅划过……

水边草地上,每一个叶子都如怀抱里的婴儿,呼吸得很均匀。四周的斑竹被微风抚慰着,奏出"簌簌"的音乐,似缕缕幽幽的箫声。

这夜,于是很婉约,很蕴藉了。

采来玫瑰花上的露水，把紫泥壶洗了一遍，再洗一遍。

将月光用心过滤，注满流转了千年的紫泥壶。

点燃珍藏很久的沉香木，蓝衣少女舞蹈得云卷云舒，金黄的裙边和火红的头巾灿烂得炫目……

这月夜，一切归于静谧。

除了风，风是看不见的。

还有那些知道、感觉到而看不到的，与风一起流动，流动着静美。

青草的馨香如同天籁，沁透肌肤。呼吸也湿润了。

似乎一切都是谧谧的，软软的，酥酥的。

那一壶月光。

那一壶凉滑的月光。

那一壶温润的月光。

那一壶热情的月光。

那一壶沸腾的月光。

那一壶……

当此时，要有一壶茶，一壶碧螺春。是谷雨之前，少女纤纤玉指采下的带露的叶尖，滑入温沸的月光里，慢慢舒展情窦初开的躯体……

当此时，要有一壶酒，一壶绍兴黄酒，是窖藏了18年的“女儿红”。多少爱的希冀与期待酿成玉液，是稠得化不开的琼浆啊……

当此时，人是微醺了。

人是被茶醉了，被酒醉了，被风醉了，被青草醉了，被月光醉了。

人是被月光和风和青草和茶和酒浑成的婉约的夜醉了。

人是自己醉了。

让酒杯沉默。

让茶盏沉默。

让风沉默。

让那一壶月光沉默着，温着……

不需要语言的时候，你裹着缈缈的纱，姗姗地来了。

（选自《亦远亦近》）

沉　沙

沉沙(1957—　),本名姚汝津,河南汝南人,现居北京宋庄。著有散文诗集《海的沉默》《鸟是鸟的梦》《宋庄,我的油画布》等。

大　海

——为新加坡美协主席梁振康先生来华展览《墨海》而作

羡慕你从妙境航行到妙境,马来半岛在你脚下,成为一只永不沉没的船。

海浪在你四周跳舞又歌唱,世界的海有多宽广,你的墨海就有多宽广。

羡慕你从远方航行到远方,一页素纸在你笔下,成为一只永不沉没的船。

南方的海浮出几只企鹅,北方的海有海豹在水中嬉戏,西面的海长出梅兰竹菊,东面的海有龙腾虎跃。你的墨海有多辽阔,世界的海就有多辽阔。

我羡慕你,大海却羡慕我。羡慕我此时与一轮明月和你碰杯,在同一艘永不沉没的船上,航行在从古到今海丝之路诗意的妙境，从无限的远方到无限的远方。

北海诗韵

走进庄子说的北海，看不见化而为鸟的鲲鹏，其翼若垂天之云的海空飞着一只只彩色的风筝。

北海国的滨海人向海而生，夙沙氏煮海为盐薪火承传。今天，荒滩上年年长出一座座银山。齐相管仲的塑像耸立在海风吹过的地方，今人把古人当作了盐神。

走进大海要穿过三座拦潮堤，北海国的传人用拦潮堤一次次拦着大海，却拦不住海天的蔚蓝和苍茫，拦不住海风的咆哮与潮涨潮落的时光。

从禁海拒海拦海，到转身拥抱大海，大海的胸怀就是今日北海国传人的胸怀，一只只彩色的风筝在沙滩上竞相飞向高空，这也许就是庄周梦里的鲲鹏重生。

（选自《北部湾文学》，2017 第 4 期）

夜与月

夜不小心孕育了月亮。

月亮被天空磨亮，闪出一把弯刀之光。砍出乌云影影绰绰的漏洞，让夜淤积了一层层阴影，变暗的忧伤。

一只最圆最亮的慧眼看穿了大地的黑暗，却见一排排树木站出遮挡。

黑暗已经漫延每个角落。怎样才能掐灭黑暗的生长？

看见信仰塌陷的一刻，往昔清澈的一口古井也塌陷，浊水四溢。

惹来雷击电闪。

用最黑的手段封住月亮的锋芒。月亮沉默成哑巴，怎样挣扎也摆脱不了夜的控制。

用最黑的手段劈中月亮。已经裂开的伤口呈现黑色的表情。

以多少吨光明才能治愈黑暗中的伤口？

夜的绳子将月亮悬空吊挂着。

千百年来，吊而生辉，亮而不灭；吊挂出一生的孤傲，俯视世间。

（选自《2014中国年度散文诗》）

雪 迪

雪迪(1957—),本名李冰,北京人。著有散文诗集《战栗》。

影 子

我摆脱不了它。我总也摆脱不了。

站在令人眩晕的阳光下,影子像一个贼蜷缩在我身后。我挪动位置,调整我的所有角度,但影子歪一只眼,咧着嘴,冷笑着跟在我后面,使我在一团团头发的草堆里产生强烈的不安全感。

我神色慌张地寻找杀死影子的地方。影子在我后面拖曳出一条阴沉的道路。

灯光昏暗的屋子,我把门死死关住。可是影子趴在墙上。我木然地注视着它,看看它像刺客一样站在我面前。

我狂怒地向它走近。可是它随距离的变化而减少,它恐怖的内在力量随着时间的变化呈现出来。它是一个没有实体的无赖!从各个方向阴森森地盯着我。

我无法独自相处。总有一种东西跟随在我身边,监视,恫吓我,以它一言不发的巨大的力威胁我。它粗硬的手指拨动我紧绷的神经,从那上面发出一串串呻吟的声音。当我的目光被它手指拽过去时,它总奸笑着晃动一张张纸片,那上面记载着我为了活下来所犯的全部罪恶，精巧地绘画着我全部惨不忍睹的伤口。

我脸色苍白，身体摇晃。

影子像一个巨大的黑色十字。

最后，我跪下来问它："我怎样才能摆脱你？"

它嘴角冷笑，扬起手臂对我说："去，走进彻底的黑暗！"

（选自《十月》，1986 年第 6 期）

杨　克

杨克（1957—　），广西人，现居广州。在《人民文学》《诗刊》《中国作家》《上海文学》发表作品。

草　滩

你记得你到过这草滩。

也许只是你的梦到过，你的心到过。

那很有灵性的河，白汪汪地流，缠绵而忧伤。溢出的水漫进洼地，一盏一盏，像镶白边的绿茵茵的小花。

这草地美丽得令人发怵，仿佛它的存在与世人无关，它只为软软地踩在它上面的陌生的脚而存在，为梦而存在，为心而存在。

远远看去，你像一朵穿着花衣的蝴蝶，粘在白蒙蒙的水网上，无力地挣扎。或许你其实是只蝴蝶，那网是为你结的。

这世上许许多多的事情，谁能说得清呢？

你记得你到过这草滩，真实或者虚幻，到过，就很美。

河　流

河流在青铜器上舞蹈。

无所谓源头，也无所谓河口。一片一片，一股一股，千年又万年。濡湿秋凉，濡湿村镇。桃花或是血腥，梦也似漂浮。

一粒粒男人和一朵朵女人，自河的底部，若水泡咕咕冒起。然后破碎，没入漫漫。

再伟大的弄潮儿也无法两次涉过这河。

一只黑鹞尖利的叫声，又一次划裂水面；去年的落英，又缤纷于水面。

生命，水草一样摇曳着茂盛。

（选自《星星》，1989 年第 9 期）

黄曙辉

黄曙辉(1960—),湖南益阳人。著有诗集《荒原深处》《在时光的锋刃上》《水边书》等。

躺在河床上

山影淡淡,树影淡淡,月影淡淡。一个躺在河床上的人,思绪淡淡。

淡淡的思绪,让繁星点点的银河系愈发深邃,阔大。

思维已经无法企及时空的边缘,只能在一抹若有若无的影子里,淡淡的,淡淡的,直至消失于无。

举手在空中画下一些线条,像字,像符,像一种童稚的涂鸦。

线条在看不见的地方纠集,如同在我们看不见的泥土里缠绕在一起的蚯蚓。

无数的线条,像无数条河流,在意念的躯体里,飞扬恣肆。

无声的音乐响起。众口铄金的卵石,在河滩之上互相挤对,幻变成细软的黄沙。

躺在沙滩上的人,躺在细软的金银之上。

躺在金银之上的人,把世界当成棺椁,把自己当成金镂玉衣里面的空。

空是空的存在方式。空是空的前世宿命。

一无所有的人,一无所有;一无所有的人,拥有整个宇宙。

躺在河床上的人,大地为床,日月为灯,睡在时间之上,醒在时间之上。

(选自《诗潮》,2015 年 8 期)

在树叶下打禅

菩提树巨大的叶片覆盖宇宙,遮蔽了世界上所有的眼睛。那一棵看不见的树,长在三界之外。

我在树叶下歇息。

一片芭蕉叶,遮阳,听雨,习字。

一片葵叶,是发散的念想。

一根细细的针叶,是随时治疗我各类病症的银针。

我在树叶下歇息,将一生的行走收揽于怀。

是时候皈依菩提了——看山是山,看水是水;看山不是山,看水不是水;看山还是山,看水还是水。

怀素写下狂草之后悄然离去,一部《自叙帖》,走笔惊天地,心中有大千。一个小小沙弥,在蕉叶上打下江山,成就大业。

向日葵是凡·高的命——当然,也是我的命。那比火还热烈的黄色,比黄袍庄严,比黄金贵重万千倍。一个世界在他穷困潦倒的黄里,成为隔世的绝响。

而我只要一片针叶。曾经,我手握这一根银针,疗救病患。来不及抽走那一根细细的针,我被无形之手击倒,至今晕眩。

返回,我寻找另外的一根针,在马尾松一般繁茂的针叶树下。

静坐。写完最后一个无人识得的字,我就闭上眼睛。

(选自《散文诗世界》,2017 年 3 期)

荷塘清梦

一幅水墨,在阔大无比的天底下展开。冬日的荷塘,已经只剩下了枯枝败叶。

夏日的繁华,该忘记的必须忘记;无法忘记的,就隐藏于泥土深处。

梦是从来不会消失的。一个个叫作荷花的姑娘,现在都在一粒粒坚硬的莲籽里藏着躲着。云想衣裳花想容。

我知道她们的去向,也知道她们的心事,我不去打扰她们的梦。

那一年的夏夜,满塘的蛙鸣,将整个洞庭湖变化成一个巨大无比的音乐厅。无数的萤火虫,舞动曼妙的灯盏。我和你激情上演宇宙间最伟大的梦幻曲。

醉人的荷香,让我和你沉醉,忘了东方既白,蛙鸣消失。

露水打湿了你的长发。也打湿了你的睫毛。那一粒粒晶莹的露珠悬在你的睫毛上,欲滴未滴。

我知道一场演出已经结束。

莲籽连心。心连心,籽连籽。

一夜秋风刮过，吹白了浩渺无际的芦花。荷塘里的红荷白荷瞬间零落飘飞，亭亭的华盖，遮盖不了离别的泪水。

留得枯荷听雨声。雪粒，也在梦里一次次击打我的残梦，将你清晰完整的影像，击打得千疮百孔。

一去经年，一曲经年。

北风呼啸，我用凛冽的风之笔，在浩瀚的八百里洞庭写下你的名字。波光潋滟，边写边消失。我将你的名字种满了我的每一处伤口。

一叶枯荷，一个坐在枯叶上渡海的人。

那一年离开的那一只小小的蜻蜓，正在沿着相反的方向，飞回一朵尚未绽开的红荷之上。

一幅水墨，横无际涯。

（选自《散文诗》，2015 年第 4 期）

霜　叶

霜叶（1961—　），本名成春，广东连州人。出版诗集、散文诗、散文集《月明瑶山》等 6 种作品。

阳光的孤独（选三）

屈　原

路漫漫，你一路癫狂，一路问天。

厚厚的世俗之尘埃，有着生命难以承受的“蝉翼之重”。浴兰汤兮沐芳，华采衣兮若英……虽九死其犹未悔，你总在仰望自己心中的阳光。

五月的鲜花开遍了原野，你却怀抱着自己的香草美人，奔走呼号，自由泛滥的五月江潮，挟风雨裹雷电，全都涌进你的心田！手无寸铁，你如何射天狼？

一代又一代的诗人，他们试图走近你的香草美人，走进汨罗江的激扬与深远，可“哀民生之多艰”的感叹，往往只在他们的诗里呐喊。

我叩问汨罗江的每一朵浪花：路漫漫是千里还是万里？为什么让人铭记苦难的诗句，总能与日月同光？

陶渊明

南山开满你的心灵之花。悠然之菊,使你的生命又一次绽放。

“暧暧远人村,依依墟里烟”,这是一幅多么温馨的画;“狗吠深巷中,鸡鸣桑树颠”,这是一首多么动听的歌。“晨兴理荒秽,带月荷锄归”,汗水和果实同样闪亮。

入世——出世,多少挣扎与反抗?谁愿意“夏日抱长饥,寒夜无被眠”?一张无边无际的“尘网”,折断多少冲天的翅膀!五斗米,压断多少脊梁!“不戚戚于贫贱,不汲汲于富贵”,你这冲出“樊笼”复返自然的“羁鸟”,张开菊和酒的双翼,翱翔于梦幻间,五柳与你醉同眠。

一杯酒,一朵菊,“猛志”忽隐忽现……

李 白

诗中天地,杯中日月,剑是你外在的坚强,刚柔相济,游走人间。

醉梦中总有长风破浪。一手把酒,一手握剑,醉剑如游龙,酒洒如天雨。你醉步于圣贤与饮者之间。呼唤散尽的千金,你的金樽,大笑仰天。

谁有“天子呼来不上船”的胆量?自由之路,比蜀道更难。

凝望长安一片月,倾听万户捣衣声。让天上来的黄河水,在自己的脉管奔流。你的豪迈奔放,你的清新飘逸,荡却陈腐无数。

谁能走进你的意境,用手轻捋白发三千丈,抒写自己人生的浪漫?

我一贫如洗,没钱买歌笑,却常念养贤才的糟糠。

(选自《散文诗世界》,2013 年第 4 期)

黎正光

黎正光(1960—),四川人。著有诗集《生命交响诗》《雪情》和小说集《仓颉密码》等多部。

绘画女

银色的山林,寂静得像泛不起波纹的湖泊。

仿佛,这儿只有雪花的舞蹈,给山林增添着雪花的舞蹈,给山林增添着无言的欢欣。

山道旁,有位系着绿纱巾的姑娘,坐在画架前,凝神的目光捕捉这灵感的契机……

眷恋大自然的绘画女哦,你的笔下流溢着色彩的微笑、线条的旋律……仿佛还飘过雪花的梦境……

尽管,凛冽的寒风在山林中肆虐,而你青春的热望却越过冷寂的冰谷,化作展翅的春莺飞向明丽的晴空。

憧憬之花在你的画板上生长着、摇曳着。

春之神捧着深情的祝福向你缓缓走来……

呵——绘画女哟,你是大自然永恒的恋人!

晚　炊

薄暮。

飞扬的雪花追逐着山谷里晚钟的音韵……

山林中，压着积雪的庙宇，宛若童话世界的水晶宫，在薄暮里显得更加幽寂，神秘……

大殿上，偶尔掠过几声悄寂的低语。

蓦地，从那低矮的房舍上，升起袅袅炊烟。

这炊烟哦，好似一股暖人心魄的清流，连接着天上人间。

在这不仅有黄卷青灯、晨钟暮鼓的地方哟，一缕缕多么熟稔多么温暖的炊烟哪（这不知是哪双手点燃的人间的炊烟），将化作一片馨香的梦纱——

覆盖着山林中漫长的夜，

覆盖着富有灵肉的生命……

雪　人

清晨，太阳还未升起。

一排雪人已在山崖上诞生——

有的顶着树叶编制的小绿帽；有的戴着黑色的夹鼻镜；有的系着树枝做的围裙……

更有趣的是：一只睁着大眼睛的雪熊猫，像讨食的小家伙，那憨态哟，为雪的世界增添了无尽的欢欣。

在被冰雪铺满寒冷的山林中，我们这群即兴雕塑家，都为自己的杰作凝聚着晶莹的童心而感到神圣。

太阳就要出来啦！

我们在这人迹罕至的山林里，用青春的向往准备好迎接红日到来的礼物：

这是在严冬聚合的心愿；

这是留在纯洁世界的银色记忆；

这是奉献给光明的雪情！

（选自《散文》）

灵　焚

灵焚(1961—　),本名林美茂,福建人,现居北京。著有散文诗集《情人》《灵焚的散文诗》等。

面对山,我不想只说出赞美

当然,那是人类共同的,对于某种高度的命名。

山,那是眺望,或者目送远方的地方。与起源有关联,河流的,思想的,良知的……

不过,别忘了某种专制,某种虚华,某种倒退与堕落,这些也都是从高度开始的。

人们愿意用风景认识山。因为它是流云启程,夕阳歇脚,让单调勾勒变化的地方。大地的动感,视野的曲线,等待与坚持的力量,这些都可以让山的姿势说出来。

不过,别忘了那曾是大地上的一道凝固的伤口,让千万年的星光和月色弯曲的皱褶。

所以,面对山,我不想只说出赞美。

我需要想到的还有它那容易被人忘却的崎岖,险峻,作为存在必须拥有的平凡,以及作为高度,一生都要抱紧的那颗被扭曲的内心。

当然，作为大地向天空昂起的头颅，只要不摆傲慢的 pose，能停留在沉思的造型里……山，值得我们赞美。

所以，面对山，我们不能只说出赞美。

再次与河流相遇

喜欢河流，不仅仅因为她承载着文明。

知道她的脾气，个性，以及对于幅员的要求。她手上握着五谷，也索取着应有的沧桑。

河流，需要大地提供足够的皱纹，支付那些阅历与时间的成本。

然而她首先是一滴水的旅程，从最卑微的蠕动开始，到最暴戾的咆哮，这些都取决于我们能够腾挪怎样的河床，接纳一滴水的生态。

不要把低处的存在仅当作匍匐的生命，匍匐者的意志一旦选择站立，谁也无法阻挡她踏平一路的峰峦叠嶂。

河流的路途就是这么绵延千年，摧毁一切居高临下的阻碍，只哺育质朴的叶笛与虫吟。

从高处走来，把高度让给天空和峰峦，一滴水的一生因为选择低处行走与河流相遇。植物的根茎，动物的筋脉，生物的躯干，大凡物质的肌理，精神的纹路，无处不留水的足迹。

这也是我选择以文字为伴的理由。在名词里沉默，在动词里发声，在形容词里安放表情，在思绪里寻求再次与河流相遇。文字在更多的时候应该与那些河流相似：低调、饱满、执着、绵延不断……只有河流的姿势能让我们明白低处的意义。

远方，只跟低处有约；时间，只在低处悠久。

都要重返大地

来自泥土的，不可能高于泥土。

不需要呼唤，大地永远属于生灵的家园。告别是为了远方的一种预感，重返是梦醒后的一种确认，原来，自己并没有真正离开过。

我们在创造的愿望里企图更改时间的定性，拓展空间的版图。

在四十六亿年的长度里，六十年与一百年的差距只是一瞬，充其量是一个俯仰，一声哼哈；横渡无边无际的世界，即使光年，也不具备速度的意义。

再看一看，需要不断地再看一看，这大地的涵养。这里的每一座山都是可以到达的；每一条河都是可以亲近的。阳光的亮度，风雨的密度，四季的长短，气温的冷暖……这些，都起源于生灵的每一滴体液，包含着生命的比例和定量。

这是泥土的质地，泥土的生态，我们作为大地的一部分而独立，携带着大地的全部性能。

重返大地，找回我们丢失的品格。从一株植物再出发，陪伴虫豸发几声叹息。为了湿地的面积，为了露水的产量。

大地，除了泥土，一切不可能超越泥土。

德，源于土壤的厚度，所载之物也来自土壤，归寂土壤。

（选自《中国诗歌》，2011 年第 8 期）

方文竹

方文竹（1961— ），安徽怀宁人。著有散文诗集《美人香草》等21部。

春天里回家母亲的五句话

你这个恶狗，是家里人不知道吗？你闻不出气息吗？真的贼来了你反而不叫！白养你啦！

你爹老啦，得准备一副棺材，开花时节的料子好，一个胖老头，越来越能吃，像要等到秋天里结果子呢！

你去年带回家的露丹保健片吃起来身体硬朗多了，听电视上说还有毒呢！现在的人哪，也不能光信坏。

杜鹃岭上的杜鹃花开得正欢，你快去看，一大片，一大片的，像血，现在不去看就看不到啦。不然，人家还以为是骗人的呢！

冷热无常季节，要多添些衣被，这鬼天气，花里胡哨的，好像谁惹气了它？

老魏来访

他想一想,就想跳,跳到室外银色的月光海里。

他再想一想,就想跳,跳进地图的某一根线条里。

他接着不停地想下去,就想跳,跳上怪兽的背、魔鬼的船、硕鼠的晚宴、外省的凉秋和梦中梯、蝴蝶泉边……

他不再想下去了,像一只烂果子,陪侍着另一只青果子:不跳了!

月牙湾夜话

我不是你肚子里的蛔虫。更不用提:你的爱在广寒宫,裂缝的星辰,人性冶炼术,沉默是金,笼子里的个人史,春天里的小桃树,夜莺,五代十国一样辽阔而繁复的内心。

那你可以是毛毛虫,寄生虫,血吸虫,萤火虫,蠹虫,飞虫,天虫,网虫……连白额猛虎也称大虫呢。

我宁可是一只可怜虫,浮在白水银的源头。你捉不到我。

(选自《大西北诗刊》,2017 年创刊号)

王跃强

王跃强(1962—),北京人,现居重庆。著有诗集《词语的拂晓》《风在低语》。

最后的夏天

一

麦香与蝉鸣在窗外无声地瘦了。

往事如澜,一圈一圈编织曾经美丽的梦。我百般珍爱的时光,又一次碎在了谁的脚下,让我回首那一季温情的时候,泪流满面。

不是所有的路,都可以重新走过;不是所有的爱,都有鲜艳的独白。

面对注定的结局,我不知用什么样的姿势,能够留住那一瞬的语言?

二

在月色依然夜夜君临的夏天,我像一位天真的独行者,在失约的路口,等待一次意外的相逢。

虽然一切都可能被发烫的风吹得很远，虽然那样的感觉再不会出现，我却不愿相信，枯萎的大江边，没有最后一声哀怨的珍重。

拾起那一枚伤感的落叶，我的手便沾满了一场梦的残红……

（选自《青年作家》，1994 年）

三色堇

三色堇(1962—),女,本名郑萍,山东人,现居西安。出版诗集《南方的痕迹》《三色堇诗选》。

盛装:蒙古袍

最柔软的风在此吹过,秉携着人间的盛年与这片草原相拥,我越来越靠近它的广袤与恩典。无须群星的指引,无须惊动季节的洪潮,无须烦扰它的丰茂与辽远,我的欢愉源自一次盛装之旅。

这些色彩绚丽的牵穆齐,特里克,得嘞,打哈。镶边的,刺绣的,织锦的……浩荡着诗人们哗哗作响的美意,这是神赐给我们最好的礼物。

每个诗人都放慢了脚步,生怕风吹走了这微恙的连绵,只有布木布泰与塔娜像花蕊上的蝴蝶翩跹起舞,浸染着我们的快乐。

我们不敢轻易碰触这神圣之美,它深邃细腻的纹理,像云朵提着月亮,天空提着清晨,春天提着花香,森林提着鸟鸣,牧人提着马灯,草原提着使命……

爱吧,爱它的光芒与璀璨,爱它的神圣与永生,它是草原人的灵魂!

是该驻足赞赏了,它稠密的针脚,细腻的云图,考究的绸缎,库锦镶边,嵌银滚袖,这些叮当之美装饰着科尔沁,也装饰着我的记忆，我内心的欢喜。

这些金银的美意，在等它彪悍的巴图尔，等待热情、豪放、美丽的赛罕。

这些曼妙的色彩在时间中复活，以草木的方式映照着季节的气息，映照着它万里江山的狂欢与从容！

我说好看，如果有一天我真正拥有带有灵魂余温的盛装，那一定是我触摸到了这片草原的血脉，领略了科尔沁宽广的胸怀与凌空的翅膀。

真正的美，都在光芒照耀的地方，包括有教养的理想与信仰。

（选自《散文诗世界》，2016 年 5 期）

晓　弦

晓弦（1962—　），本名俞华良，浙江绍兴人。著有《仁庄纪事》《一枝红杏出墙来》《晓弦抒情诗选》等。

爱在天地间

认定了这座大山是爱的归宿，自天际垂下的粉色的拯救之路，像披了云霓的挽联，需要一步三磕，才能读懂月亮的心经。

认定了这座大山是羞于交媾的欢喜佛，是密宗的自由极地，是高耸于天际的爱之无字碑。

这是一场痛苦而漫长的朝拜，在时间的天平上，影子注入影子，步履叠加步履。

一座大山，一对男女，像梁祝遇到着火的春天，化蝶是必然的归宿，在翻越三千多级血染的台阶后，将爱之蟒，牵进一个歌德式的地堡，那深深的冬眠里。

此刻倘有雷霆，必是为爱加冕；此刻如有暴雨，必为忠贞的青蛇显形。

爱太软，盘踞在针芒的一滴玉露，得了真经，然后滴水石穿于古老的时光岩，滴出一条蛇蜕样虚拟的天路。

而灵动的瀑布，鼓动一场埋伏万年的纵横捭阖的突围，以兑现一宵千金的承诺。

（选自《作家报》，2015 年）

删除第五季

暂且命名，这个季节为第五季。

隐隐觉得，季节的积雨云下，有一根蟒蛇一样的鞭子，在天边大发淫威。

日一鞭，月一鞭。

昼一鞭，夜一鞭。

阴一鞭，雨一鞭。

地球，像被宇宙之神放逐的，一个罪恶累累的陀螺，一个病情告急的癫痫病人。魑、魅、魍、魉，觊觎起蓝天碧水的人间四月天，用重重灰霾遮天蔽日。

日不日，月不月。

昼不昼，夜不夜。

阴不阴，雨不雨。

漫天遍野沙尘暴、接二连三的地震、层层叠叠的海啸、排山倒海的泥石流，这些来苏味十足的噩耗，SARS病毒般占据着第五季的每分每秒，围剿起我们的庸常生活。

拯救每五季！埋葬第五季！

祷告和忏悔，神谕和巫术，统统馊了。

看啊，传说中的哪吒把脚下的风火轮，改作葵花般的风力发电机；神话中的阿波罗摇身化作太阳能电站，或者，多晶硅光伏别墅……

看啊，道德和良知的金钥匙，终于固执地打开这片久违的蓝天。

看见了吗，额际咕咕飞临的绿鸽子，已经化作一个个神奇的删除键，删除这个神出鬼没的病毒季！

苍天啊，呵护每一缕空气，才会有绚丽的彩虹。

大地啊，珍爱每一颗心灵，才会有辉煌的日出！

（选自《上海诗人》，2015 年第 5 期）

梁　真

梁真(1962—　),原籍江苏海门,山东青岛人。著有长篇小说《秋老虎》,诗歌、散文诗作品被收入多种选本。

岛城,因你而年轻

想在青年节邀你去五月的海边。

邀你,一个岛城的老人。

相信你会握住我伸出的手,因为我年轻,因为你的每条掌纹都会流来同龄人般的温暖。

想在暮春的早晨请你去散步。听你的声音如绿林中溪流作鹿式跳跃,看你的目光传染给古礁与苍松以活力。

想在有月光的夜晚,和你静坐在海岸风景中,听我组合春天的意向,饮你酿出的关于诗,关于青春与人生的美酒……

想在任何一天约你出去。

那么,任何一天都将因你而年轻。

——给一位散文诗作家

乡　恋

那年，我捧着泥制蛐蛐罐，拽着故乡的月儿，来到了北方。

在北方多梦的夏夜，我守着泥罐里的乡音，拽着夜空中飘飘的银风筝，哼着外婆的牙齿一样残缺的童谣……

我的蛐蛐始终在故土上鸣叫，直到秋末它的双翼再也弹不出一只音调，泥罐便成了——成了它的墓碑。

我的童年是和蛐蛐一起睡着的。

后来，我学会了在月光下弹吉他，六弦琴唤醒了我的童年和蛐蛐。

而我记忆的纤绳，一次也没有被风吹断，至今依然系着故乡的月儿——夜空中飘飘的银风筝。

有一夜，我的吉他幽幽地弹弯了一轮满月。我想，那一弯会不会弹落在故乡的池塘中了？

我弹的是童年和蛐蛐。

（以上选自《海鸥》）

草又漫上了山坡

春天，草又漫上了山坡。一年一度，深谷人家的孩子，拨开石头，从山缝间走出。

像枝枝野花，熟悉得叫不出名字。

下完一场雨，青草贴着山地干农活的人，迅速朝天上漫去。

登山途中偶尔回头，大地比晴空遥远。

年前大雪封山，村民的手帮我遮住天寒，躲开屋外残喘的北风，痛饮。酒后咯血。

吐出的醉话，如今开遍山野。

再一场雨就是清明，我逗留到这一天，伴随村民为去年的新坟添土。

大山加重悲哀，他们倒在春雨中哭泣，满身湿土，人像一块块泥巴。

我把泥土唤作亲人。

（选自《大沽河》，2012 年第 2 期）

周庆荣

周庆荣(1963—),江苏响水人。著有散文诗集《有理想的人》《有远方的人》《有温度的人》等。

有远方的人

一

在荆棘中行走,男人不言痛。

只是长刺的事物在我的年代具有了丰富的技术:我热爱的真理淹没在广告中;我迷恋的忠诚和智慧,成为日常的刚愎自用和阴谋;而友谊和爱情一直坐在台下,它们在聆听欲望的演讲。

我知道的确实还更多。

荆棘划破我的皮肤,几片创可贴就行。深夜,自斟自饮,男人,不受伤。

二

不需要金灿灿的铜号,系着红布条的那种。仿佛把声音吹成冲锋,我怀念童年的苇笛,抒情的或迷茫的,一声曲调里,水鸟箭一样飞向天空,一只纸船也同时随着水流向远方。

是的，远方，我依然朴素地需要远方。

三

我们一起战斗。

学会忘记泪水，只牢记露珠。

我把全部的金钱给予慷慨，我把心交给贫寒。我的名字前面从此没有前缀，别人失去攻击我的理由，而我也从此忘却它给我的伤害。

我们蹬三轮车，做向导。我们搬砖头，给屋子砌墙。我们种花的速度比采花快，我们栽树的数量超过被砍伐的。我们播下的种子，除去被地鼠窃走的，足以让土地丰收。

四

不要以为我为了生计就可以无休止地忍耐，我只是不屑成为卑鄙者的敌人。我随便在一处歇息，一只蝴蝶、一只蚂蚁和一只蜜蜂，起码有它们会和我在一起。

那些懂我的和爱我的，他们正向我身边走来。

五

我用日常的汗水和孤独，克服了几乎全部的恐惧、焦虑和愤怒。我拒绝倒在无聊的绝望里。我每天醒来即起身，如太阳升起般从容。

我学会通过望向远方来为自己换换环境，为此，我忘了叹息。

近处的和身边的，我不会以革命者的姿态去摆脱。我画了无数地狱的草图给暴戾者和恶棍们看，我还画了红苹果和红草莓给旅行中饥渴的人。

六

寻常的日子一个接着一个。

我告诉周围的人，我不怕眼前的陷阱，因为我有自己的秘密。

我经常望向远方，而且，真的相信自己是有远方的人。

（选自《有远方的人》，春风文艺出版社，2013 年版）

杨　锦

杨锦(1963—　),内蒙古乌兰察布人,现居北京。著有《中国刑警纪事》《中国亚运纪实》《漂泊》等。

冬日不要忘记到海边走走

不要总是在八月去看海,
不要总是在人如潮涌的季节去看海,
如果你喜欢海,就该记住,
冬天,不要忘了到海边走走。

你的心中真的拥有那片蔚蓝的海吗?
你接受了海的温柔,就一定要理解海的暴躁;
你领略了海的妩媚与坦荡,就不该责备海的愤怒与咆哮。

不要去嬉笑于沙滩上拥挤的人群背后,
去捡拾夏日的欢乐与放荡,
你要在沙滩上所有的人都散去之后,到海边走走,
即使是深夜,即使是晚秋,即使是寒冬。

悲怆、灰暗、阴沉的颜色,

那便是天地混沌一体的冬之海，
沙滩上反扣的小舢板会使你想起什么？
你看到海浪在舞蹈吗？那是海孤独的身影。
你听到海浪在喧哮吗？那是海寂寞的语言。

海是有生命的。
有呼吸有欢歌有悲调有悄悄独语有暗暗哭泣。
她沉默，会使你如入死亡境界。
她咆哮，会使你疑骇是千万头雄狮怒奔而来。
海总是把愤怒的浪头化作平静的波浪，
海是人间最慈祥的母亲，她能默默包容所有的不幸。
冬天，不要忘了到海边走走，
以你的身影以你的手臂拥抱海吧！
以你的深深浅浅的脚步，
在赤裸的沙滩上书写你永恒的恋情。

冬天，不管有没有雪，有没有风暴，有没有远航的船，
你一定要到海边走走，去看看寂寞的海，
像看望久别的朋友或远方不知姓名的恋人，
给海一点微小的安慰，
不要让冬日的海在孤独中感到忧伤。

（选自《中国青年报》，1988 年 6 月 2 日）

王雪莹

王雪莹(1963—),女,满族,黑龙江哈尔滨人。著有诗集4部。

情 陷

曾经相信你柔软的关怀将是我一生的呵护……

当风暴来临,我以光的速度奔向你时,才发现我们的脚下原是隔了一条附着咒语的河流。我以身试法,怪不得你手上的花朵转眼变成了毒蛇的火焰——焚毁我,陷我于幽冥的炼狱。

心里的伤本已无药可医,再插上十万把尖刀,流出的也不过是那一脉鲜血。

对一种完整的美的损害无疑要担更大的风险。除了遥远神话中的西西弗斯,谁又有足够的力量和勇气与命运的巨石抗衡?

你不开口,我将终生缄默,永不呼救。

执 迷

从春到夏,似乎都是雨季。如此反常的天气正暗合了我阴郁的心境。苍天都在落泪,我还有什么权利要求一份阳光灿烂的命运?

我饱满的青春被谁收割、撷取?我美丽的容颜正在被谁忽视、抛在风里?这一切都已无从追索、无关紧要。不能回避的是,我如一个饮鸩成瘾的病者,仍一如既往地渴念着那一片倾覆世界的汪洋,那使心灵永世沉沦的致命一击。

上帝的礼物

从寂静的空间来到这个喧嚣的世界,纷乱的一生如无边的荨麻地,踏入一步就注定了要承受理也理不清的纠缠与刺痛。

但是我喜欢这纠缠与刺痛。在风暴的中心,参天的大树可以被连根拔起,卑微的小草却伏下身子,在惊颤中等待灾难过去……

有血、有泪,有奔突的渴望和欲念,有爱的甜蜜与失落的哀恸。多么好啊,这上帝赐予我们人类的最珍贵的礼物。

(选自《黑龙江散文诗选》,中国文联出版社,1999 年版)

范恪劼

范恪劼(1963—),河南郑州人。作品散见于各种报刊及年度选本。

一个人的晚秋(选三)

秋旻不止澄澈

该倒下的都已献祭于刀斧,该归仓的都裹紧了荣光,该流浪的都绷紧了脚趾,该祈祷的都备好了檀香。

秋旻站在大地上,挥动西风抹去芜杂,派出雁行呼唤接力。序在其列,各归其位。秋旻铺开金黄,碧蓝的容颜澄澈万里。

秋色辉煌,秋韵激荡,秋光浩漾。

还有什么在澄澈之上?

一生放进一次秋中,磨洗一生,忽然从澄澈中联袂而来,顺手碰落热泪两行。

秋眸穿过万重金黄

而九月还在手中。

绿还在绿，黄开始黄。

秋，那么立体地站在九月中，任你漠视或留恋，相惜或作别。

九月卓异，总是在我独属的岁月里凸起并划出铭痕。

很多的事情，或者叫往事，何以汇集在九月并长出来呢？

九月中的天高气爽，九月里的暖阳如春，竟然也浸润在孕育的每一过程。往事，便有了共同的属性：

比如暖色的底子，比如温馨的风声，比如清澈的水韵。

苍凉很早就偷偷地染在我早年的枝叶上，苦涩也没有拒绝我原本就清寒的独行。

到了九月，遇到九月，赶上九月，适才发现，前行的路上，即使离春尚早，毕竟还有九月啊。

渐渐地，爽净的九月，悠远的九月，温暖的九月，就长在了我的心里，明媚在我的年轮里，也灿烂在我的生命中。

那些干净的田畴，那些淡然的草木，那些以翱翔而渲染着秋意的飞鸟，那些以终结而宣告来生复出的收获，都在九月呀。

不用屈指，今日之后，九月还有一次的日出日落。也不用盘算，九月明日离去时，正是来年九月来临始。

这个傍晚，深信，中原人和我一样深深地凝目着：

这似曾相识的九月，这眼前和看过的九月。

秋气扶摇蒹葭白

何以，这届秋，触目惊心？

这些日子，一回回拿目光辨认，拿不准，我认不得秋还是秋认不得我。

秋默默，在秋中不徐不疾。为什么低头抬头的须臾，蓦然发现秋比我小，我比秋老？

是金水河畔的梧桐斑斓了我蓬勃的心旌吗，是贾鲁河岸的黄栌殷红了我的双目吗，是黄河漫川的野草荒凉了我回旋不已的热血吗？

在中原的苍茫腹地，我才举笔，便已秋气弥漫：

终于，秋成了。

早知道这是迟早的事情。像河流该有一次断崖而后飞瀑，像蒹葭该有一次披锦而后劲拔，像我时常把弄的那只湖州狼毫笔该有一次褪毛而后知墨。

秋气扶摇，蒹葭生白。

好吧，好啊。

从此有了秋叶回望的眼神，从此开始秋气磊落的扶摇——

行止皆从于心。

（选自河南散文诗学会网刊，2015 年 10 月 16 日）

向天笑

向天笑(1963—),湖北大冶人。出版诗集、散文诗集11部。

一个人的生命或命运

一

一个人的生命从水中开始,到火里结束。

幽暗的水,炽烈的火,如此不相融,竟然成就一个人的生命。

就像前天的凌晨,我坐在纯青的炉火前,看到火解开衣服的速度,比手指快得多。就这样怀着莫名的悲伤,看着一位敬爱的老人在一个小时不到的时间里化为一盘灰烬。

二

我走出火葬场,抬头看那高高的烟囱,生命变成一缕飘逝的烟,消失在苍茫的星空里。

多年前一样的月光,像雪一样落在我的身上,没有半点温暖。

我走在生与死的通道里,一阵寒意随着阴风吹来。

三

像熟睡一样死去，应该是一件幸福的事情；死后也不得安宁，才是一种苦难。

谁也看不见自己生命的起点，更看不见自己生命的终点。

我体内的欲火喷薄欲出，在生命的宫殿里，唤醒她沉睡的野兽，吸干我丰盈的火，那一刻是多么水乳交融。

我汗流浃背的时候就想到，命运就是这样从水中出场的，什么样的轨迹，没有人把握得了。

面对她起身离去的无情，我是如此无助。

五

生命是一只怪鸟，一边白翼，一边黑翼，你看到哪一种颜色，就是哪一种命运。

只想在对你的依恋里筑巢一辈子，什么样的飞翔也不要。

一边纯白的像雪，一边漆黑的像炭；一边水，一边火；我收拢翅膀，躲在无人知晓的角落，任满面泪流，也不轻易抹去受伤的飞翔。

九

用带刺的玫瑰扎一个花圈送给我逝去的爱情，不是你的问题，也不是我的问题，只是命运出了问题。

是到火葬的时候了,冰雪迟早都会融化,冬天来了,春天还会远吗?

我手捧着爱情的灰烬,像满手干枯的泪,全是透明的忧伤……

是时候了,是该让你离去的时候了。啊,不是你,是命运,谁都无法挽留,我认了。

(选自《悬崖上的花朵》,河南文艺出版社,2012 年版)

潘志远

潘志远（1963— ），安徽宣城人。著有诗文集《心灵的风景》《鸟鸣是一种修辞》。

一个人，与天地对白

沿着河堤往前走，一朵朵无名小花，蹿过来，与我对白：它们娇小、单纯，对出了我的城府，深深……

继续往前走，一树梨花，与我对白：淡淡的芳菲，对出了我的污浊与不堪。

至一幢建筑，直立的墙，又与我对白：让我发怵，不容回避。

掉头，恰遇几多栀子花：它们收敛，如小小乳房，缓缓绽开，若少女心扉……

碰见一池荷花，我更加忐忑不安。陷入菊花阵，菊丛里一大片面影，盯着我，让我逃之夭夭。

被霜抢白了几眼。

冰天雪地，我逃无可逃，唯有一个人，与天地对白。

越对越迷茫，越孤独，越冷，冷入骨髓。

越清醒，清醒到人生如寄……

（选自《大沽河》，2016 年第 2 期）

被时间毁容的人

我是一个被时间毁容的人。

好在，它毁的慢，毁的轻，一点一点地没有疼痛感。短时间内你没有察觉。

积累十年，二十年，三十年后，再看，便会惨不忍睹，触目惊心。

一场场大风刮过额头。

一只大手在我的眼睛里捕鱼。是谁姗姗来迟，蹬鼻子上脸；又是谁开来一辆货车，停下，在我嘴唇四周，拼命施肥……

无节制地开发，又不与我签合同。

疯狂索取，又不给我半点补偿。

我以侵权上告，岁月法庭以证据不足，驳回我的上诉。

我是一个被时间毁容的人。只能靠乐观、豁达、淡泊，安于摧残，满足光阴的刀片。

麻木于旧照。旧照是一面魔法的镜子。

（选自《滑台文学》，2015 年 3—4 散文诗专号）

绿袖子

绿袖子(1963—),本名周蓉,四川成都人。著有诗集《流向》《异调》(双语版),诗画集《宵待草》。

多情的刚朵拉

也不知道威尼斯人,是怎么想的,一条小舟,船头不像船头,船尾不像船尾。倒是刚朵拉船夫更像是船夫,一看,那划船的派头,流利的意大利语言和自然奔放的手势,都略显多情。

他们统一身着一件带横条的紧身针织上衣和一顶考究的草帽,时不时地吹一支威尼斯小调一边还盯着女人看。

我仿佛觉得它有着苏州的魔力,虽然两者,都被人们喻为天然水城。可苏州的运河是用来抵达,是中国文明中心的象征之词,抵达古代政治中心的上帝造物……

它的水脉一直守养着,属于轻轻柔柔的,中国式园林,好看,也好静,拥有着含蓄的,素称皇家后花园……

而我现在已无法再惦记她了。

是远是近,我此刻正坐在刚朵拉的船头……

听船夫唧唧哇哇地讲着,只看他,不停地指着一个方向,导游翻译过来,前面那个雄伟而庄严的建筑大厦,是一座古老的监狱,里面都是些重刑犯……

我有些怀疑,甚至不放心。我曾经仰望的拿破仑,他被囚禁的地方,是不是也像这样美丽的岛屿,四面环水……

而这里的犯人,肯定没有拿破仑那样显赫和多情。

怎么可以和一个历史人物相比呢?怎么可以在这样的风景里,占据着人们的视线呢?

我此时无法用我的语言和这里的礼仪相对抗。我只有惊讶,惊讶于此刻,眼前的国界和宗教。它过于平静,又过于多情。

这恰恰就缺少了些分量和巫术。

跨界的红磨坊

它属于巴黎最艳丽的色彩,几乎与经典糅合在一起。就如同30年代的夜上海,或者百乐门的符号……

它有蓬蓬勃勃的野心,也是艺术内核的外沿。

我去巴黎,首先想到的是,印象派雷诺阿和他的《红磨坊的舞会》。他的这种抽离和朴素感。

我通过现场去体验后,基本上可以排除灯红酒绿的情欲。

舞台上裸体的法国女郎，不管她们是唱歌，或者用肢体表达语言，都不会在人们眼里留下任何的艳俗。

那些起源于康康舞，小咖啡馆、小酒吧的产物，在印象派艺术和某种光的打磨下，有人已经把它叫做了——另时代。

（选自《诗歌月刊》，2015 年第 11 期）

封期任

封期任（1963— ），贵州贞丰人。著有诗集《苦楝花开》、散文诗集《舞蹈的灵魂》。

另一种低语

是花开的钟声？还是洞房的窃窃私语？

夏天的阳光，雨露，红血，渗透到花草树木的骨子里。

这个时刻，花朵最纯粹。

这个时刻，雨水最清纯，

我默念着：起飞吧，火红的太阳鸟，我看着自己布满伤痕的手臂，没有流下一滴眼泪。

一支小夜曲从夜的远方传来，有如雨后的彩虹，轻轻抚摸我的伤痛。

我喜欢溯风赶海的渔夫，他们汗水的光泽，辉耀了沙滩，孤鹜，黄昏，白帆，船舶。他们扛着的渔网，网住了漏落的光阴。尽管狡黠的鱼，逃脱了捕猎。

我还喜欢一张图片：在那阳光弥漫的夏日，一群人在广场上，拿着大铲……我看见湖面上映照的余光，想对它倾诉些什么，又怕别人嘲笑我的举动。

看着珠峰上那些攀岩的勇士，如果倒回十年，二十年……我想我也是那些勇士中的一员，我绝对可以把呼啸的风磨成一把利刃，斩除岁月的荆棘。我绝对可以借灵性的风，把落叶吹成铿锵的玫瑰。我绝对可以用太阳的骨血，孕育出一只火鸟，恣意地燃烧着。

天空的另一边，藏着另一个黑夜。

而黑夜的另一边，是我默念的365个数字。如果有一天，花开花落，我偶然记起那些数字，围猎光明的日子。

在这样的时候，每个人心中都有一个弗洛伊德，每一个人都可以伸出弗洛伊德一样的手指，在沉寂无眠的夜里，轻轻抚动着臆想中的围栏。

如果，有一首能打动我的歌，阳光将向每一个人倾泻，像母亲和所有亲人的拥抱，在手舞足蹈的夏天。我可以像一株柏树，在这里仰望一切高贵，抑或贫穷的闪电。

如果寒冷包围了世界，我将把太阳鸟的消息带到这里，带给每一个在炎炎夏日却依然感到寒冷的人。

临近秋天，我还在诉说，看着那些落叶诉说，诉说一片片，一层层豪迈的情怀。

我想，打从直立行走的那天起，我就热爱夏天，热爱那些钟情于山水的雨，痴情于天地的风。他不像别的季节那样多变，那浩荡的光芒，穿透每一种声音和每一次呼吸。

（选自《诗潮》，2015年12期）

汗　漫

汗漫(1963—　),本名余向东,河南唐河人,现居上海。著有长诗《水之书:守望黄河》《初春之书:祈祷》等,诗集《片段的春天》、散文集《漫游的灯盏》等。

怀抱白花的美神

在山中看到了那一棵树。这个黄昏,仿佛是它一生的最初,又如同是我一生的最终。我认定那一棵树为我在路边的悬崖站了多年,等待着此时此地的相遇。山路盘旋而上,那一棵开满白色槐花的树在我的视野里便旋转着自己,仿佛是T型台上高贵的模特,穿着一件绣满了细碎白花的绿衣。她在旋转中让我看到了她身体的左侧、右侧、后背、前胸。很美的树,我只能隔着一层玻璃爱她。如果我放弃最初的目的地,下车,然后爬上悬崖,那棵树会不会突然解开树叶和槐花,让我看到她热烈的内心?一个美神的内心。但树叶是树的身体上最敏感、最迷人的部分呵,不是树的衣服,而是树的肌肉!一棵裸体的怀抱白花的美神!以一年为一生,冬天长眠,春天再生。她反复地死生,就是为了拯救在一个春天的黄昏仰望着她的眼睛?一双因凡俗、冗长的现实生活而日渐萎缩、陈旧的眼睛。即使我走下车来,她又会退到更高的山坡上扎根。我没有能力进入她的身体,把十指伸入枝条中去,一起握紧这山中的月光、雨水、虫鸣、风声……五分钟左右的对视，使一棵树进入了我的记忆。一棵满身白花的槐树，成为我的精神旅伴，并在我深夜里的写作中悄悄加入一支铅笔中去，不动声色地把白花洒落成我灯盏下的素笺……

（选自于《散文诗》，2016 年第 10 期）

柳文龙

柳文龙(1963—),浙江嘉兴人。出版诗集《观照》《一个人的南方》等。

想象一朵花

看来,我们所有的想法都老了,几乎无法逾越一朵鲜花的美学范畴。

灵巧的动感,象征花萼的青春萌动,而绿叶仅仅是她亭亭玉立的一层铺垫。早春二月,凄艳的静默,随着云朵的翻卷而绽放,风中不经意的战栗,是月晕的诱惑,黑夜的一抹亮色。

我试探不了她的体温。热力流向夜幕深处,冥冥之中,静静的流泉,不带走太多的想象或留恋。

藤蔓会留下一个倔强的死结,风吹雨打,久久不肯下架,不会屈服,且义无反顾地走向衰落的苦寒之夜。

她始终没有脱离本草的清规戒律,一岁一枯荣,也没有脱离植物脆弱短暂的花期,虚幻朝朝暮暮的肉身。水木离不开清华,她锁紧眉头，锁紧花蕾内心尘封的命门……

花瓣选择每一朵花骨朵，倾心摇曳，在开与放之间，掐准最终的边际效应。

果蝇，短翅抖动的细小涟漪，打消春天有关啃啮的幻觉。

她虚拟出一些芬芳的碎片，在体内构建起一座茂盛而繁芜的花园，栽下巨大的虬枝，老而弥坚。

美人迟暮

夕阳下，江山在尘埃中若隐若现。时间仿佛变得多余，随堤岸上翻腾的浪花挤出泡沫。

一个拈花人告诉我，草木很难支撑住这个秋天，瓦上霜似乎覆盖整夜的星辰。

她的微笑依旧淡然，侧对河面梳了精致的晚妆。水面把荡漾的倩影勾勒进细细的波纹，仿佛灌入到一张密纹唱片中去。

而河边的石阶体谅她的本意，一级级地铺垫，一级级地远离红尘，弥合天地之仁厚，遏制人心的叵测。

不要拒绝狸猫，吐出了一句句完整的唱词。

不要忘却远方渐渐推来的潮汐，给予命运的宽恕……

一个忘记自己姓名的涉水者，忽略了河水相拥的昨夜星辰。

作为一世的牵挂，胸中枯萎的花朵将念及往事，纪念往事中的佳人。

浪花追逐远去的背影，了无新意，仿佛追逐一条刚刚从水中出逃的大鱼。

（选自《山东文学》，2017 年第 9 期）

高　伟

高伟（1964—　），女，山东青岛人。著有诗集《风中的海星星》《玫瑰 蝴蝶 梅花》，随笔集《她传奇》《他传奇》等十几部。

芳　心

那些互联网上的阴谋阳谋，被审判者、情色和骚乱……我想知道得再少再少些，比一个婴儿知道得还少。

我就保护了芳心，那神在我出生时赐予我的心肝宝贝。我活着活着就把它弄丢了，丢在人堆和我的欲望里面去。

这个夏天，风顺着自己的意思吹。风吹我，把我吹得纹丝不动。

我是有意识的落伍者，正在虚度自己的人生。

我手里拿着一本诗集，翻开的正是阿赫玛托娃的那一页——

“……那死去的将来和现在的人/都罪孽深重/我活该躺在疯人院里的病房里面/——这是伟大的荣誉。”

我在这些句子里面哭泣。我去那个多好的女诗人命里哭泣，哭她那很大的芳心。

我哭时，我知道，我也有一颗芳心，我不知道她在哪里。她在我活着的路途上被我弄丢了。

我用我的还没有找到的芳心去哭泣。

童　年

我有没有童年,我一直不很清楚。它已不像是我的,像是我看过的一个电影,老旧时代的,默片,穿越剧。

我回到童年,其实是回到自我这个穿越剧的源头。

我的一生是一个幻象。我的身体,我的疼痛,我的爱恨情仇,都来自这个源头。

它是我编剧的一个片子,并且导演出一个跟头一个跟头的悲欢离合。连我的生与死都是幻象。

我的童年是这个幻象的起头。

我很重要。活在人间并且属于它,重要得让我头破血流、人鬼不分。我认同对自己的虚构,虚构得像散文,被自己抒情得一塌糊涂。黑寡妇自杀炸弹式的抒情和月晕般惶惑的抒情,被感动的除了自己,没有另外一个人。

因此它是一个货真价实的幻象。

从童年开始,我只擅长于这个。如果童年是可爱的,那也是因为,我可爱得寸土无争,一开始不知道要那么多,像动物那样,和小孩子打架了不记仇。

我的童年,是一个没有穿衣服的孩子,长大就是在成人路上的奔跑。冰天雪地的成人路,孩子的受伤是注定的。

而美并无其他起源,美只源于伤痛。

伤痛产生的美,一如从死里逃出来的生。

从童年开始，我一路变得老旧，仿佛电影演到了后半截。剧情会有的，结尾和谁都一样。

就像还有一点时间，我却没有了梦想。如果我还有梦想，我也不准备去实现它。

我的幻象人生还是幻象，我不再认同它。活在人间，我已不想再属于它。

活着不是奖赏，死亡不是失败，痛苦也不再是一种惩罚。

（选自《青岛文学》，2016 年第 2 期）

潇　潇

潇潇（1964—　），女，本名肖幼军，四川人。著有诗集《树下的女人与诗歌》《比忧伤更忧伤》等。

抱紧江南

江南的秋，好多小昆虫叫哥哥，爱熟透了……

伸着懒腰的花瓣被雨点、蝈蝈叫开，迎面流淌的颜色，命令孤独与死亡的风景，卷起一湖山水。

那些吹进骨缝的痒酥酥的粉，细碎的欲望，迎着晨曦的光亮，还有些湿润。

那个烟花女子用突破局限的果实，用死，喂养传统的后人。

她的汹涌？她与黑暗的拥抱？只有熟透的爱能隐忍……

熟透的爱……

如沉香进入她命运的弱点。她生前死了两次，死后被掘墓，又死了一次。

她的前世今生都嫁给了悲剧。

虞山锦峰下的旧坟，比想象更缭乱，荒凉。打结的茅草低着头，像寻找葬进泥土的秘密。夜里，犀利的风再一次冒犯入土的灵魂，这枯草败叶中开出的野花，无遮无拦……

而那些肌肤、香料、灯草、骨头与旧瓷，穿过生死的密纹，倚靠一张江南乌镇的雕花木桌来摆放记忆。

抖落疲惫、愤怒、焦虑、无奈、暴力、哀悼……

一切逼近负面的词……

用黄酒洗心革面，用梅子解开姜丝，抱紧江南的秋色，抱紧刚刚落下枝头的告别，抱紧身体里最危险的一滴晕眩，抱紧落日，那粉身碎骨的一声喊，抱紧重逢死亡的一首诗……

正如错开死亡的富春山居图，逃出一团团殉葬的火焰，用古典、歉意的美让后现代弯腰，纸上残留的风景，如罪孽般温柔。

（选自《诗刊》，2015 年第 5 期）

荣　荣

荣荣（1964—　），女，本名褚佩荣，浙江宁波人。著有诗集、散文随笔集多部。

你和我的人间烟火

一

一条蚯蚓被翻出了泥土，于是，它开始了艰难的重返泥土的努力。

起先，它满怀信心，一头扎进土里。它的样子，让我想起一枚准备在物体中缓慢推进的钉子。但它遇到了来自泥土深处的阻力，这阻力对它那么巨大，有一会儿，它瘫回地面上，一条被弹回的皮筋，一个可怜的不再被接受的弃婴。

正午渐渐热烈起来的阳光，仿佛被用来考验一条蚯蚓的意志。它刚才还显润滑的身子，已变得干涩了。

它必须加倍努力。

它又一次往土里拱去。

也许因为阳光的深入，这块被翻动过的泥土也张开了皮肤，那里，一定会有一个毛孔吧，适合一条被无辜揪出来的蚯蚓，重返它黑暗深处的光亮。我就这样在一边等着。等了小半个时辰，也许是大半个。我知道,我的等待对一条落难中的蚯蚓毫无用处。它只有自我拯救。

二

因为要食人间烟火,所以,人只得将自己当作柴火,慢慢地烧着。

千万别往大里去啊。就这么几根骨头,你得留着自个儿过冬。

于是,各家烧各家的,各自烧各自的。

有时也互相烛照。细水长流啊,看谁更有耐心?

有时也火光熊熊,你也不用发问:热烈的交流能持续多久?

有时也窃取别人的烟火,暗地里红上一把。嘿,那个深谙此道的家伙,他可不会被欢娱的大火焚毁。

今天,又有谁动了你的烟火?

三

酒瓶倾倒。

在地上,它们每一个都躺出了一个随意的姿势。刚才它们还是谨慎的,它们有满满的话,顶着嗓子眼却说不出来。刚才它们还在寻找倾诉的嘴唇。

这些话现在顶在我的嗓子眼上,那么多!我也想说出来,但没有一只现实的酒瓶能装得下。

我没有醉。我的手指在桌上划开一条河,我听见了夸张的流水声。

四

他五十岁，微秃，阴郁。

他口袋里的钱被纸牌一张一张运走。

他持久的耐心被两性的战争瓦解。

他毫无生气的工作更像是日复一日的劳役。

“那个人正陷入绝望之中。他的爱无法帮他消耗自己。”

“是谁把我领到了这里?”像一只久远前被退回的包裹，而寡情薄义的主人早已不在。

五

为什么而绝望?

触动了，挣扎了，欢娱了，迷乱了，失望了。

一个又一个对局。一次又一次重复。欢乐与悲伤的石子，会滚落在同一个谷底。失败和胜利是长途跋涉后，一样疼痛的脚跟。

时间抹平了那么多沟壑，你的和我的不同。只有局外人始终在局外。他自始至终的静疲惫着我们的动。

当我们已成为一条咸鱼，我们还在寻求波澜和起伏。

（选自荣荣博客）

何小龙

何小龙(1964—),原籍陕西西安,现居甘肃。著有散文诗集《心海涛声》《山河长歌》等。

一只鸟

西边天际,崆峒山之上,落日余晖尚未褪尽,山色迷蒙,一钩银月高悬,暮色如帷垂落。

分隔田野的小路,像绿丝绒地毯上裂开的一条缝隙,快要被野草缝合。我的漫步是在触摸细密针脚。

那么,在昼夜交替时刻,一只黑白色鸟儿的出现意味着什么?

它是时间的一个焊点?

不——站在路边一根槐树枝上,它多么优雅,每啼叫一声,长尾就弹动一下,就像身穿燕尾服的指挥家挥动着指挥棒。

仔细聆听,蝼蛄,蟋蟀及其他叫不上名字虫子的鸣叫并不杂乱,如同许多乐器合奏着同一支乐曲,起伏、悠扬的旋律在田野舞台飘荡……

当西天一抹晚霞收走瑰丽布景,天黑下来,虫子们演奏的交响曲,节奏由高亢趋于平缓,或许,演出已经结束,我听到的是在晚风里萦绕的旋律余音,如同摇篮曲,在给万物催眠……

星　光

这么多年来，不论我被掌声和鲜花簇拥时面露喜色，还是因遭遇人生困厄神情黯然，都没有离开过你关注的视线。

你的心情，因我乐而乐，因我忧而忧，总是蓄满深情的眸子，把祝福写满我前行的背影。

我却太粗心，或者太冷漠。只顾匆匆赶路，追名逐利；要么，沉浮于欲海，把靠不住的所谓爱情，当作珍珠，一次次地打捞……

从未，留意过你的眼神。就仿佛，跋涉于暗夜，天边，有一颗星，为我闪耀，却被我忽略，只把自己仰视的月亮跟紧，却无法掌控她的圆与缺，心情时明时暗……

直到，遮没星光的月色从指缝滑落，在无边的黑暗中，我突然看见那颗星，在向我指示通向黎明的出口！

而这一刻，我既感动，又愧疚。这么多年来，自己的双眼被私欲蒙蔽，心智被虚浮的彩色泡沫缭乱，在俗世的乱石滩，对一颗身边的金子视而不见。

不求回报，不图索取，只把一份情意和祝福铺满我必经的路途——你以自己独有方式对我的默然陪伴，我不敢说，这是不是爱，但它比挂在嘴边、写在纸上的爱，更为纯粹和博大！

从今以后，你用温柔眼神递来的星光，我会用灵魂把它攥紧，如同攥紧登山途中一条铁索，驱策自己奋进的一条皮鞭……

（选自“河南省散文诗学会微信公众号”）

墨 凝

墨凝(1964—),本名满德奎,满族,黑龙江海伦人。著有《墨凝情结》。

夜的城市

昙花与泡沫,溢出生活的杯盏外。我们豪饮,我们海量,我们用空洞的诺言就能把友情碰撞得叮当美丽。城市的夜,在酒精四十度的高温中,烧得直说胡话。

爱情是夜的高潮,睁着车灯般眩晕的眼睛,在网络的高速公路上急驶。用鼠标搜索出来的婚姻,如阳台上疲惫不堪男女的歌唱:无所谓,无所谓,无所谓。一声声压抑,在撕裂城市虚伪的假面。

夜,在城市的角角落落,我们无奈地寻找内心的黎明,或放松自己的各种形式。

剧 情

高潮是一条河流突然站立起来奔跑,浪花的汗滴砸在我们的笑脸上。

拉锯扯锯我们唱大戏，此岸彼岸相互拥抱便是距离。火在冰上燃烧着激情与浪漫，用夜的杯盏，我们一一碰撞黎明。

世界在古老的磨盘上转出方圆，一条小道我们就走到了黑。

其实爱情并不复杂，飞在十八里长亭的一双美丽的蝴蝶，和我们的故事还没有走下舞台，悲剧的结局早被一笔圈定。

（选自《2005 中国年度散文诗》，漓江出版社，2006 年 1 月版）

胶州湾的风

胶州湾的风（1964— ），笔名潘旭，本名潘江业，青岛城阳人。在《山东文学》《黄河诗报》《散文诗》等报刊发表作品。

父　亲

粗硕的根系，从心之土壤中伸出来。

皱纹，或者绳索。

沧桑，如衰老之海。从中我听到平原的虎啸，还有胶州湾的海啸。

咳嗽声，一定是你的。扯破了村庄寂静的天空，连炊烟都在不停地抖索。

汗水无奈地滑落，泡透了土地的裂纹。

榆树的影，玉米的影，麦子的影，麻雀的影，覆盖了你的一生。

而覆盖住我一辈子的，是你的影。

当我再次远走的时候，你流泪了，竟然哽咽。

面对龟裂的土地，面对衰老的老牛，面对旱魃，面对绝收，你曾经那么勤劳和坚强。

面对乌云遮蔽的天空，面对邪恶、贫穷和固执的儿子，你曾经那么威严和凶狠。

我一次次的远走，伤透了你的心。

年迈之后，你的心竟然会如此柔弱不堪，竟然会和我如此亲近。

此刻，我知道这种让我心碎的哽咽，永远听不到了。

再过几个月，拆迁后的老屋，连这些痕迹也很快就没有了。

从此，这个世界上，你留下的最值得你炫耀的痕迹只剩下我。

声　音

好像一切事物都约定在这个时刻，不发出一声响。

我不知道是不是都故意憋住了。

胶州湾的四周，一片沉寂。沉寂得让人准备着发疯。

海边，那个从沽河上游漂流而下的人，不再奔放地吼最原始的柳腔。

他身后的海面上，有风吹着，比任何时候更细微。

浪也不断地涌动，比什么时候都温柔。

船停泊着，没有人在岸上走动，怕惊动了谁。

轮渡继续悠闲地来回，它是预感到了什么，尽量地放慢速度。

落日，谁都没有在意，它融化到胶州湾里去了，然后慢慢地渗透，渗透。

胶州湾的母体在她巨大的血晕里扭动、挣扎，想要诞生什么。

正想着，第一声啼哭，突然间从渔村的上空骤起，刺穿了黄昏的深沉，云彩哆嗦，星光撒落下来。

好像一切事物都知道在这个时刻，但不知道有多么神圣。

我知道再憋也憋不住了，就大口大口地呼吸。

那个海边上的人顿时也手舞足蹈起来，美得连他最拿手最熟稔的柳腔也忘了。

（选自《山东文学》，2016 年第 8 期）

郭长玉

郭长玉(1964—),山东青岛人。出版诗集《活着是美丽的》(合集)。

默读腰鼓

黄昏里,我与苍老的腰鼓相视无语。

长江怒吼于崖顶,黄河咆哮在天外。一匹马死去,一群马狂奔而来。之后,我只看到几缕飘落的鬃毛。

乡间小路,在且悲且喜的故事里,一头牵起历史衣襟,一头掩住失血之唇。很多时候,炊烟远不及香火旺盛。

黄土如民族的一张脸,映着山丹丹狂歌劲舞。白羊肚手巾,在泪腺风干之后,化蝶而去。

黄昏里,我与苍老的腰鼓相视无语。

鼓声,如覆盖真谛的皮毛;沉寂之时,一些真相昭然若揭。

腰鼓的意义,不在于如何击打,而在于穿透铜墙铁壁并联结古今的回声。

当咚咚的鼓声在一些人的心路上,碾出道道辙痕,我青睐那只宠辱不惊的腰鼓,以及它守护人体的忠诚姿势。那是一种与现实与土地最亲近的姿势。

黄昏里，我与苍老的腰鼓相视无语。

中国红

一堆篝火，叠映东方的舞姿。

剑出鞘之后，花瓣雨自天而降。白马，于斗转星移间，变色、长啸、升腾。

宫殿一步步逼近天空。

硕大的立柱，在不同纬度，硬化历代社稷的支点。

盖头与花轿牵手，孵化一个又一个部落。

一手搂着酒坛，一手抡起木槌，捶打出亘古不变的染坊。

坐在龙椅上的人，用玛瑙占卜吉祥。

金灿灿的龙袍，不过是另一颜色的暗示与象征。

穿过滚滚狼烟，大漠落日之下，喷涌的鲜血，忠贞地延伸玉玺的印痕。

而在高粱映衬的民间，喜与福字，如一根头绳拴牢芸芸众生。

腰鼓依旧在敲，连天接地的鼓声中，尘沙聚成风暴，溪流汇成飞瀑。

鼓手的脸，开满桃花。

（选自《散文诗世界》）

蒋登科

蒋登科(1965—),四川巴中人。著有理论专著《寻找辉煌》《新诗审美人格论》等10余种。

黑夜听潮

黑夜,人群隐退,山野隐退,世界隐退了。

大海披上黑纱,在一阵风中醒来,开始祭奠自己。此刻,大海最懂得自己,大口大口地倾吐着心中郁积的热气抑或凉气,一个浪,一个浪,谁也无法把它阻挡。该冲刷的就冲刷,该荡平的就荡平,完全无须顾忌。此刻,站在浪中的人最理解开阔与深沉。与大海融为一体是生命的某种至境。

浪头任我去想象,潮声任我去伴和,我开始看到大海有山一样的骨头,有水一样的柔肠。站在黑夜的海边,我理解全部的人生。

梦中的人们不知道这一切,远观的人们不明白这一切。投入整个生命的人才懂得生命,不管是伟大还是渺小,不管是欢愉还是愁苦,不管是幸运抑或不幸。

我无意阻挠浪头,但我愿意是浪上的孤舟,任海风的猛吹,任波浪的颠簸,随风流浪,流浪又漂游,永远孤孤独独,永远活在自己心里。该发泄的就发泄，该集聚的就集聚，不希望谁来探知，不盼望片刻的停留。

只有弄潮的人才懂得风浪的珍贵。生命，是一只没有帆的船，舶在岸边的时候就会枯朽。

遥望岸边，灯火之下，从前的足印已经荡平，每一天，路都要重新开始。

海，总是不平静；浪，又一波一波地奔涌。明天在波浪之外，灯光之外，人群之外。

说不清的海，道不明的人生。

（选自《爱与非爱的空间》，
广西民族出版社，1992 年 9 月版）

想起人海

在海边行走，会使人想起海中的故事，想起鱼是人类的祖先，想起祖先的后代比祖先更聪明。在沙滩上，视野茫茫，会使人想起人海。

大海的故事发生在海水的遮掩里。

大海茫茫，我保持了鱼祖先最古老的个性，像一条鱼，以鱼的姿势悠闲游弋。有时候也有暗礁，有时候也有水草，有时候也有冲撞，有时候也几乎被鱼祖先的后代吞食。

水面很平静，笑声恰如海的温情，喝过海水之后才发现，笑声偶尔也苦涩。有一种波浪不露出水面，有一种礁石没有形象，有一种冲撞无法防备，有一种伤害没有伤痕，也有一种死亡发生在活人身上。谁也无法回避，除非他放弃了鱼祖先那种自由自在的方式。

人海茫茫，游在海中的人都提心吊胆。

因此，我们很熟悉，我们也很陌生。

因此，我们常常握手，握手的时候常常会有寒凉的气体渗透周身。

所以我歌唱大自然，大自然从不掩藏自己，该发怒的时候便发怒，该温柔的时候就温柔，完全听凭天性的驱使。即使大海吞没一只只航船，我们也不要埋怨，它在告诉我们，人也是一只船，不知道何时会在无形的风浪中被掀翻。

想想人海再看海，大海很粗暴，但大海很美丽。

我很渺小，只能把足印留在空寂的沙滩。

一串说给大海的心语，一串道不明的辛酸。

（选自《散文诗》，2005 年第 1 期）

张稼文

张稼文(1965—),云南云龙人。著有散文诗集《我是我从未遇到的人》《江边记》等。

梦想是一束光

梦想,即使最卑微的生命里,也有这束光。

我曾见过,在死寂的黑夜,它显得微弱,但它在冰上凿火;我也记得,在沉闷的酷夏,诗人窟藏其间,霍霍磨剑——这束光要成为云端的闪电,携来暴雨,载来洪峰……

我也明白我的欢乐和忧伤、我的焦躁和宁静都因为这束光,我的生命,总是不断凋蜕和新生于这束光。

梦想是一束光,他只朝往一个方向。那就是:往前!

一九九三年,十二月,十二日

他

我见过他独自一人在寒崖上行走。风已使那些岩石变形。他去了他该去的地方?孤独使得他另辟蹊径?

但直觉又告诉我，他并没有远走高飞，而且可能就在我身边，在我们中间。他只是另换了一副行头，其实还仍然与我们一起饮酒作乐、鼓腹而歌，或者一道哀叹霉运。

但我们中的谁是他，或者他的面具？

我感到不安。或许，作为事实上潜伏的旁观者，它可能更容易得到我们苦苦梦夺的美，或美的信物，或美的幻想……

它隐藏着伤口，所以我无法辨出他来。

一九九二年，一月，廿八日

那些年

不过，那些年我目睹的多是一些腐臭的花，听见的老是一些死者的鼾声。

不过，那些年我并不都是在寂夜里背对烛火，然后用自己的唾液在墙上描自己的影子。我还喜欢走出户外，因为我更喜欢听：洁白的雪堆渐渐压沉，继而折断事物不管是枯木还是新枝的声音。

不过，当世界开始悄悄松动，一时间我还以为我们自己在梦中磨牙。

一九九四年，八月，二日

（选自《诗刊》）

胡　弦

胡弦(1966—　),现居江苏南京。著有诗集《寻墨记》《沙漏》,散文集《菜蔬小语》等。

镜　中

看着镜子里的自己,有些陌生。是因为天天看见自己,还是很长时间没有认真看一下自己了?镜子只提供现在。

文字仿佛变了。你亲手写下的文字。又说不清变在哪里。异样的感觉,来自遗忘的句子被看到,还是新的理解力?

你看着一张照片,它转眼变成了一面从前的镜子。

太静了,时间反对这样的寂静。你察觉到时间的贪婪性,和它对空旷的敌意。

你心神不定时,真相才出现。

许多事已悄然改变,包括光,包括你在光中的轮廓,你对光无意间的使用。

门廊,你看见自己的身影,实际那里空空如也。

你望见一个陌生人,知道他就是自己;你望着一个熟悉的人,却不知道他是谁。

“你走吧,因为你不可能再回来。”镜子里的空间说。

那空间也是时间。

墙上的影子,把它巨大的手搭到你的肩上。你看见自己的眼睛。你想看看它看见了什么,或者,想想它看见了什么。

你的声音——有个人在你内心叹息。学校的广播声,学生在操场上的喧闹。更强大的声音,你从中把自己的声音过滤出来。

一直有两个空间重叠:阶梯,音乐。

“都过去了。”“不,尚未到来。”想象是不真实的,而开口类似说谎。

变形的镜子,仍然是忠实的。

你一直在变,周围的一切也在变:你一直都在走向陌生的世界。仿佛有许多陌生人在前方等你,一个,又被另一个盯上。

窗外还是樟树,雪。天暗了下去,所有的玻璃都变成了镜子。“你没事吧?”“没事。”室内的陈设,静静悬浮于四楼窗外的空气中。

幻觉,你要说服自己一切都好。恐怖,美好之物的拼接,自我的拼接,遗忘拼进了现实中来,许多张脸拼在一起。

幻觉,你要说服自己,有些事没有也很好,就像没有幻觉。

你流泪了,但没有悲伤。

道路在镜子里奔跑,跑在车轮与车轮之间,跑在车灯里。

你再次需要镜子,因为声音很乱,因为路在到处乱跑。

你记得吗?你记得吗?那些记不起来的,才被迫叫作遗忘。

你朝向它们呼喊,实际是另一个你在呼喊,因为你看上去是安静的。

他朝向远方呼喊,但只给你一个人听到。

你曾是另一个人,那是时间之中的时间。你遇见一个人,他认识你,却害怕看到你。有什么事发生并且属于那里?

有什么人从远方朝此处眺望？你终于发现，照片里有不相干的人，镜子里有过其他的脸。

有人打开门，问你怎么了？原来他们一直就在那里，在一扇门后。

有些奇怪的东西，在镜子里看不到。

记忆是不可靠的。你已不在那里，那里，只有衣服在飞。

（选自《永远无法返乡的人》，江苏文艺出版社，2016 年版）

李明月

李明月（1966— ），女，辽宁本溪人，现居贵州。著有《每个人都是一盏灯》《每件事都是一扇窗》《智慧的精囊》等。

夜晚的飞行

我在飞机上，小窗外一片黑暗，夜晚的飞行，仿佛时间在静止中，头顶有一条透明的线，把我吊起，把许多人一同吊起。

一颗流星划火柴般在夜空一闪，那些星星，比地球还要大的星星，它们在飞机的头顶一闪，划亮了一小块黑暗。

一个迷糊之后，发现自己成了透视眼，黑白X光片的那种。

我盯着坐在身边的男人，看着看着，他被我看成了一个完整的骨架——用一个头骨用满口的白牙对我微笑，不由一阵寒冷，起了一身鸡皮疙瘩。怀着惊恐再看：

天！前后左右的人，在我的凝视中，一个个地成了骨架……成了紧紧地系着安全带的骨架。这时，听到了一个声音："你看刚才的美人，现在成了什么？"

"是啊！时间让美不再存在。"

"时间真公正，现在美人和我们一样了！"

她们是在议论我吗？我是美人吗？我现在也和他们一样吗？

我望了一下窗子——看到了一个带着珍珠项链的骷髅！我闻到了衣服腐烂的气息，听见了我的血肉嗖嗖的风干声。这时节，谁在朗诵我的诗：

“我第一次以旁观的姿态，成为自己的局外人。”

这句有点巫气的诗，居然预言般地应验了。

“谁在谁的掌握之中，谁在谁的深渊之中。”……

后面的已经不重要了，从前那么多想不开的事情，欲死欲生的情仇爱恨，现在，无关紧要了。每个人的肉身只是一个躯壳，一堆骨架和一些液体，一个滋生烦恼的肉身。

一条精神之线在时间之外拉升着我们，度化我们，让我们的精神之鸟在高处飞——摆脱一些地心的牵引，向下的牵引。

当然现在要心安理得，要乖乖坐好，检查一下安全带有没有系牢，劫机人现在还没有出现，可能劫机人和我一样看到了刚才瞬间光景。

飞机上坐满了骷髅和骨架，彼此彼此，自身亦是，因此悟道了什么，打消了不好的念头。

和空姐要杯咖啡，思考以后，不敢想成佛成仙，但下定决心，做个好人。

（选自《诗潮》，2016 年第 2 期）

爱斐儿

爱斐儿(1966—),女,本名王慧琴,曾用笔名小雪,河南许昌人。著有诗集《燃烧的冰》,散文诗集《非处方用药》等。

人　参

拿起,放下。这时重时轻的一生,这比天高的心,比纸薄的命。

曾经爱上密林深处的安静,微微闭上眼睛,白日梦涉水不深。

时常被游丝般的风声弄醒,被一滴露水悄悄蒙上眼睛,任身边的流水自己弹奏自己,任昆虫与黄莺以歌声豢养玲珑的精神。

每日餐风饮露,与诗歌音乐相伴,不谙人间疾苦寒凉,以掌状复叶采翡翠曦光以修身养性,而不必生长痛觉神经。

“心生的自由真的可以这样美!”如果不是遇见你。

从此把你的痛植根在我心里,把你寂寞的图腾放进我的瞳仁,把你挣扎的身影代替我想象的舞蹈,以为一生都可以这样延续背靠森林的快乐。

是不是我的模样和你相近就注定了这样传奇的命运,注定要以我的心养你的心,以我的气血灌注你枯竭的命脉,直至最后,别无选择地站在生死一线间,与你形神合一,为你起死回生。

灵　芝

什么样的爱可达壁立万仞的高度，让起自尘埃的旋风无从搅动灵魂的安宁？

前望，临风磨砺自己的听觉；侧身，让世界的辽阔穿过时光的隙缝，缓慢修持自己那颗绽开呈现的心。再缩小时间的密度，修复断桥上那段人妖之间的爱情。

贯穿，隐忍，不回避时光中随时都会发出的断裂之声。

送别一颗流星，就在心上悬挂一只灯笼；迎来一次春天，就俯身叩谢三尺之上的神灵。

“没有一个生命可以与时间抗衡，即使一颗草本的心里安放着救赎的使命”。

所以坚持，所以顽韧，所以把百年孤独、千年寂寞化作云淡风轻的一瞬。

只为有一天，你必经我的命运，接受我的献祭。

引你从悲苦走进欢欣，从伤痛走进痊愈，从绝处走进新生。

沉　香

伤口高悬三尺之上，泪水凝结成香。透明过琥珀，坚硬过年轮。这脂膏，这星宿。

只说用恒河之水洗完长发再洗浮尘与积垢，坐于菩提树下。

听，谁的灵魂轻盈，谁的灵魂破旧？

是谁不一样长的十指，端不平尘世烦恼这碗水，致使江河在入海处倒流。

所谓永固的江山，不死的肉身，更比一缕青烟易朽。

伽南、贝叶，阿钵陀那……

渡海之时在深水中行走，把莲花举过头顶。途中先自沉香气，再履薄冰。

等明月有形，暗香留痕，一颗心已面壁成影。

它会被谁摘走，悬于腕上，垂于胸口？

别再用蔻丹染红手指头。

一双素手可燃香，点灯，在经卷上誊抄善因。以波澜不兴抚平灯油，自念心经沐浴灵魂。

等云生根，雨生烟，阳光普照。等素心兰发出誓愿，为一草，一木，为众生。

大慈大悲……

（选自《非处方用药》，青年文学出版社，2011 年版）

冷　雪

冷雪(1966—　),本名张玉宏,黑龙江林口人。著有散文诗集《暖阳如雪》,诗集《驿站》《冷雪诗选》。

金属的声音潜伏在一生中

总有一些事物让你无法触及,比如鸟飞去的方向,云的位置和阳光的姿势。

总有一些事物让你充满奢望,比如草地上的白马和马背上仰望天空的女子,让你整个春天都不能轻易度过。

我是说一些金属的声音,潜伏在你的一生中伺机而动,它们的速度,它们的锋利,没有哪只鸟能超过它们,包括北风。

我知道自己是多么单薄而无力,苍白的生命立于沼泽之上,还能留下什么?

我曾试图走出水域,走过沙漠的中心,打开一枚果子像打开乳房,谁能将最初的水声全部掠夺?

甚至在一个有雾的早晨,站在如尘的阳光里,伸手接住的可是一滴淡淡的泪水?

我被干净的词深深伤害

你可看见我消瘦的目光，正在抚慰你未愈的伤口，在驿站的上空，你要躲开我浸满水声的爱情，在幸福的最高枝上，请收起你为春天折断的翅膀。

我已经被干净的词深深伤害，琴弦上单薄的暗泣，已经不能打动沉睡的花朵了，轻抚一个人如瓷的名字，我的双手缀满了你最初的心跳。

还有什么能让我刻骨铭心？

身居远古的女子，我最初的情人，最后的女儿，你可听到风中的马蹄，正日夜兼程，你可看见那辆满载春风的马车，在那场风暴中呼啸而过？

雪花，你这白色的蝴蝶，让我的一生充满了奢侈。

唯一的奢望堆满庭院

当我看清了太阳的照耀方式，我就知道了谁将启程，谁将在北风的前面，抵达驿站；

我就知道了谁将出现，谁将打扫驿站里的灰尘，并能记住灰尘所覆盖的事物，并被它们生存的姿势打动。

在离冬天很远的地方，是谁手持大风停下了脚步？多么含蓄的动作，让我的内心充满了幻想。

我所经过的蒲草，沼泽上的生命多么真实？已经启程的人，是怎样看清了一只鸟，在驿站的上空断翅。

躲在驿站的灰尘里，我想起了谁干净的手？想起了谁将靠近梅树？

唯一的奢望堆满庭院……

（选自《青年文学》，2010 年第 7 期）

染　香

染香（1966—　），女，真名李亚利，石家庄藁城人。著有散文诗集、古诗词合集各1部。

这一年葵花朝阳（选四）

一

这一年，红尘烟火刚刚好。一滴雨成全了草木的根脉。暗香缱绻，山水庄严。天涯依然在天涯沦落。

这一年最后的风情是枯萎，最忠贞的箴言是桑梓还在，祖国蓬勃、葵花朝阳。

你放慢自己，身上略有阑珊之意。转一转身，在阳光下孤独，深敛，忍着明媚。

二

这一年，窗前的梧桐树打开风月，在日渐静谧、日渐沉淀的情怀中飞扬不休，飞扬不休。

藩篱无法禁锢的心跳，芬芳着。而每一次战栗，都不动声色。

这一年在自己的旅途种下一亩田，一片花，一截从容时光，若干泪水和悲喜，一些诺诺之后的淡泊。步履蹒跚的时候，静观迅速下滑的斜阳，听影子低调又真实的复述，隆重，刻意，纨绔，一场绝望的破碎如落日者，再次掠过娑婆。

你确认，破碎，到了极致是壮烈。

三

一杯孤独的咖啡染指清露。夜晚被成群的灯火熄灭。

这一年世俗中虚词重叠着虚词，悲也流浪，喜也流浪。你坚定信念，独呈风骨。

六

这一年，淡下全部欲望。继续纷飞，向纵深，高处，寒冷地带，继续放逐灵魂。借一把干净的东风，持戒，修真。让失重的记忆在茫茫中一再简约，直至无邪。

这一年，天与地发生秘密，又一次沉重的恩爱从归零开始，成为枯荣。飘蓬是因为忘记了恪守。这样在季节中默认自我，甘为蓬勃和枯竭。你燃起心香，等落日沉坠；等孤雁苦度一段迷情；等废墟埋葬读世的感觉。

一些幻象目迷五色，你用脱俗的词语拒绝了。

（选自《诗歌月刊》，2015 年第 11 期）

贾文华

贾文华(1966—),内蒙古扎赉诺尔人。著有散文诗集《马和远山》等。

散　韵(选三)

二

你的潜意识认为,墙上表针,如果常年行走,终会走进墙里。

本来平行的事物,只因赋予可能性,随时间推移,这种误判,会根植于你的错觉,像是对于一个人的断定:总以为天空是他的背景,在你憧憬的视觉里,天空,就成为脑海中的“面”,而他这个“点”,迟早会被天空神化。

潜意识左右心境。比如表针,一辈子走重复路。“会不会有朝一日,冲出故步自封,做一回抛物线?”

三

酒在瓶内,相当冷静。看不出丁点燃烧的企图。

瓶在酒外,绝对包容,总得承受来自水的冒名。

什么样的酒,敢在千年的瓶内尘封?

什么样的瓶，敢把万年的酒揽在怀中？

只需把勾魂的香气按在肺腑，所有儿女情长，皆为纸上谈兵。

生活本无涛声，连惊雷都收敛冲天的嗓门。琼浆与甘露，情愿接受围城的归拢。

还有什么豪言壮语，可以更改，滴水对于大海的占有。

六

独自走出公园。

我把一百位舞者留下，只带一位自己的月光回家。

到家，把月光卸下，像卸一片隐身的盔甲。

不怕灯光笑话，镜子嘲讽。我把层层衣物褪去，呈现一个真实的自己。

你就不行。

你得和其他九十九位舞者一道，把秉性磨成薄舞鞋。什么时候，让星星瞅得满眼绿光；什么时候，肩与肩的暧昧，像栅栏与栅栏的对峙，才肯收起那片月光，像收起一段陈年的伤。

这些年，你习惯在结果中悔过；而我，更注重对于未来的尊崇。

（选自《散文诗》，2015 年第 1 期）

夏　寒

夏寒(1966—　),内蒙古赤峰人。出版诗集《初雪后的红玫瑰》、散文集《梦想原野》等7部。

秋天的白桦林

走进林间小径,看圣洁的黑土地,托起金秋。

白桦林间,有金黄的诗句,在叶间跳跃。

白桦树如美丽仙子。白桦叶,笑靥如花,盛开着细语喃喃。

走进寂静的白桦林。天空低语,秋意暖暖。

是谁,迷蒙了大山的双眼?是谁,迷蒙了林中的鸟鸣?是谁,迷蒙了我彩色的思绪?

歌声展翅,在林梢上飞。

秋日里,你的倩影与谁的目光相撞?看,白桦枝头上,一首首抒情诗在肆意生长。

我若是小鸟,必会在枝头欢唱。

大漠寒冬，雪与沙交融

细沙，带着都市人的好奇和梦想，柔柔漫过。
最初的雪，在天籁之外，采撷诗句，一串又一串，如梦似幻。

雪瓣与沙粒，一个柔软一个坚硬。
牧羊人赶着羊群，在诗歌的意向里，把生命，走远。

小草匍匐，继而艰难昂首。
雪，用无声的话语与它对话。此时，沙尘不再怒吼。

羊群，反刍着浓浓的诗意，一首绝句即将问世……

（选自《山东文学》，2016 年第 10 期）

马启代

马启代(1966—),山东东平人,现居济南。著有诗集、散文诗集以及诗歌理论《杂色黄昏》《仰看与俯视》《心巢》等22部。

黄泛区

每滴水都有铁做的四蹄。“每个蹄子都有万钧之力,且暗藏雷霆之怒。”

你写到,万马偃伏,昂起浩浩荡荡的鬃毛。

一股混沌之风拧成的长鞭,抽痛了每一册官造的史书。

“雄鸡的版图上,腾跃着一头母狮”,你看,它亢奋地扬着前爪。

……从卡日曲到渤海湾,谁一连开了花园、柳园、泺口这些巨豁?

抚摸着,狮爪下一轮一轮未曾消退的胀肿。

地上河畔,我从潇潇雨声中清理大清河、济水逐渐变黄的文明。

与黄河赛跑

一场风领着满河的水跑在了我的前面。我站在老死的水之上。

脚下每一寸土地都在流动，“像上帝急速地翻着史书。”

影子从我身体里跳出来，冲在前面，我已听到，它正望洋兴叹。

河滩上，几只骆驼在喝水，“它们早已看到了天昏地暗!”

作为一直奔跑的旅人，我常常从游荡的云朵里抓几把粮食。

渴极，饿极，除了赊欠几勺月光，就拿几粒汉字放落日上烘烤。

……夕阳一定疲惫了，它靠在长河上游想歇一歇。逝者如斯夫。

我伸手捧起天地的战栗，转身，它已把整个白日带走。

（选自《山东诗人》）

黄恩鹏

黄恩鹏(1967—),笔名黄老勰、清风渔隐,满族,辽宁沈阳人。出版诗集、散文诗集、理论研究多部。

有人彻夜谈论幸福

酒觥在手。喧响或沉寂的日子,就这样被一次次宽恕。

一个孤独的夜晚。听见隔壁有人彻夜长谈。他们以横陈的骸骨,挥霍难眠的时光。在相互抵达的沉醉里,凛然让步彼此对生活的理解。

头颅向下,脚步向上,一切等待变幻莫测。往昔难再,方向中断,逃遁于灯焰深处的,是那些被隐喻了的事物。

其实,在现世的局内局外,他们谁也不能把谁看清。

幸福,这是一个美好词汇。在眼前,又似在天边。那丧失了的一定会得到;那得到了的一定会丧失。他们彻夜谈论幸福。那些际遇像一块磁石,吸净了血管里沉坠的铁。

大地黯淡,麦子闪光。

饱满的大地将一切给予了他们,他们是否也能给予大地一些什么?

内心的剑光

在秘密被道破之前，请允许我宣布一生的收成。

我将这收成慢慢晾晒。我以灵魂高悬长天的闪电，照亮大地的景致。

马、火种、稻谷，在我的驱赶下日夜兼程。

我把仅存的一粒粮食给了焦渴的山林，用仅有的一滴水，开启故园的净香。明亮与清澈，让一切邪恶改过自新，从善如流。

可是——现如今，这是一个俗世，灵境何在？你说。

我起身四望，天边浪花层层，覆灭了我的呼喊。这一生中，我翻过了几座山、蹚过几道河，依然无法生出可以翱翔大野的翅膀。

我渴望内心的剑光破壳而出，让狂风不再，乌云不再，人间风调雨顺。

种菊南山

一脉浅水，足够一生饮了。

一位诗人荷锄南山。那些雨水张开了温存的臂膀，像拥抱一朵花那样拥抱着他。

那朵菊，于九月开得最美。

鸟鸣、月光、一声唱腔，都不会孤独。它们照在山坡上，如风，如雨，一遍遍浴洗心灵。

种菊南山。什么人这般有福？月亮盈满的时光里，一杯酒安静，一朵花安静。涉世未深的水从石上流过，洗他：一钵米，一颗果，一盘蔬。

他逍遥，人民饥馑。

只是那些菊花，淡泊了一个人或一些世人，能否淡泊反复无常的人间尘埃和车马喧闹？

千年了！何时我也把自己变成一株菊，在南山上，悄然种下。

（选自《诗潮》，2010 年第 12 期）

苏　扬

苏扬（1967—　），女，本名韩芝萍，江苏扬州人。著有诗集《镜像》及散文诗集《青鸟》《苏醒的波澜》等。

抵达春天

或许，春天并不遥远。

那株枯萎的藤蔓又有了韧劲，不久它会慢慢转绿，还会开出鲜艳的花朵。

湖边光秃秃的柳枝开始发芽了，也许你的船划着划着，就会惊讶地发现前面已“碧玉妆成一树高，万条垂下绿丝绦”。

沉寂的湖水已经荡漾了，在你的桨声下，连岛上老气横秋的石头都有了光泽，并且跃跃欲跳。

而我的生命也逐渐有了色彩，我虔诚的脚步正在向一棵树靠近。

那棵树耸立在对岸的山巅，青翠茂盛，生机盎然。

我没有鸟的翅膀，只能泅渡过去，并以攀爬的姿态抵达它。

或许，抵达一棵树，我就能抵达春天。

在春天里，我学习为生命保鲜。

（选自《扬州晚报》，2014 年 3 月 15 日）

郭召磊

郭召磊(1967—),山东青岛人。作品散见于《星星》《山东文学》《散文诗》等报刊。

大地惊雷

二月二,龙抬头,满天都是滚滚的雷声。

这雷声预示着什么?纷纷漾漾的雨水,给我的人生做了一个注脚。

兰,香在幽谷;松,矗立在山巅!

而我,是这山巅唯一的过客,背负着世态炎凉,看惯了风雨苍黄。

溪流,盛开着那昨日的浪花,朵朵都是我前世的苍凉。

一个女孩走过来,一个男孩走过来。

无数个男孩女孩走过来,棉絮暴露在破布的外面,他们还是穿着破旧的衣裳。

在这片厚厚的浓云中,厚厚的棉衣,裹不住这个无法言喻的世界。

归　程

踏过白茫茫的心情。

双脚，各自沉重，然后，同归一种孤独。

被风扭曲的河流，冻结着父亲的梦境。静静地，蜿蜒而去，裂冰的声音，预示着旅程的艰难。

那高挑着风灯的渡船呢？河边浣衣的少女呢？那绿绿的蒲草，白白的芦花，湿漉漉的少年梦呢？外婆的泪眼闪烁，眺远了浮沉的河灯。

有苍鹰铁翼划过，铮铮然，炸响在天空。天空灰蒙蒙，不见日光。

没有太阳的日子很单薄，雪兔和童话都冻成空白。厚厚的冬衣，捂不暖一丝记忆。

在这片拥满风雪的微茫中，一颗无法收藏的心，潸然流出……

少时的梦想，从褴褛的行囊中洒落。

雪地上点点殷红。

梅花盛开，在归程。

大　卫

大卫（1968—　），本名魏峰，江苏睢宁人。著有随笔集《二手苍茫》《别解开第三颗纽扣》等，诗集《内心剧场》《荡漾》等。

一滴水

一滴水，伸长了脖子，就变成了河。扩了扩胸，就变成了海。再做几个俯卧撑，波涛就澎湃了、汹涌了。

一滴水站直了身子，就是喷泉。

一滴水，长了翅膀，就变成了雨。

一滴水，在草尖上，叫露；在额头上，叫汗；在眼角，叫泪……

把一滴又一滴的水，组织起来，集合起来，并用土坝来约束它、纪律它，水库就形成了。给它微风，就有了波浪；给它飓风，就有了惊涛。

一滴水，有着很强的可塑性，这有些像未成年的孩子。给它加上红，就是动脉里的血，给它加上蓝，就是个头最小的海，给它加上黑，就是墨汁——这是一种可写求爱信、也可写绝交书的墨汁。

对于一个人来说，最早接触的一滴水，是母亲的乳汁。身体孱弱的婴儿,小嘴吮吸着母亲的乳头,一滴水,到底哺育了多少个嗷嗷待哺的生灵?

一滴水,在源头的时候,譬方说,现在我就安排一滴水,从高原的冰岭雪峰中抽出身子,沿着河道顺流而下。经过光洁的卵石,绿树环抱的两岸,再经过生满苔藓的山涧,沿途,它小小的身子,把天拍蓝,把风擦亮,把鸟鸣洗得更幽……按常规,这滴水应该顺顺当当地扑进大海胸怀的,但是,在行进的过程中,却有流失的黄土浑浊它,腐烂的树叶沤浸它。恰如一个人,在成长的过程中,被不断地伤害,于是,这一滴水,就愤怒了,它在河道里狂躁地跑来跑去,对着堤呀岸呀什么的,一个劲地咆哮。一个喜欢制造恶作剧的孩子,与礁石合谋,使船搁浅;与风携手,使岸溃决……人类,也许这时才发觉,一滴忍无可忍的水,足以淹没他们的锦绣家园。

种子如果与一滴水攀上了亲戚,田野就绿了。那些水稻、大豆、高粱,在幽幽星光里,作挺拔状、青翠状、成熟状。满眼的深邃与辽阔。月光,伸出她的纤纤小手,把一滴水洗呀洗的,直至洗成一堆碎碎的银子——这是一堆可以兑换蝉鸣、蛙唱的银子,这是一堆可以把蝉鸣与蛙唱糅合成"清新、宁静"的银子。

在迷蒙月光下,我要说服一滴水嫁给红脸膛的高粱,再把坛子洗净,这是另一种形式的洞房,再掺入浓稠的时间,酒,就这样酿成了。

一滴水,一旦变成了酒,它就能从你的胸膛里像搬组合家具一样地,搬出炽热与刚烈、侠骨与柔情、赤心与真诚……

一滴水,即使睡着了,也是一颗守望大地的眼睛,它的清澈、它的晶莹、它的透明，谁忍心伤害呢？

善待一滴水吧，谁若把它的心伤透了，弄寒了——寒成了一块冰，我就找谁算账。

（选自大卫博客）

海　叶

海叶(1968—　),湖南邵东人,现居娄底。著有《凝眸与倾听》《叙说或场景》《说出你的影单影只》等8部。

描　摹

一场雨,悄然落在我身后,带有足够的魅惑。

我如一只扑扇翅膀的大鸟,在山区的公路上盘旋。

为着一条妖精般的小溪,我曾昼夜描摹着她的模样,并不断缩小自己的领地,心甘情愿被其一点点侵占。

在傍晚,我和万物之间的距离,比两滴雨之间的距离更近。

徜徉在大自然的怀里,我不躲不闪,不急也不躁。

流水是我的命运。潮湿的光阴,清澈而温暖,就像这条小溪正穿越虚无,缓缓地流向旷野。

醒　悟

在书房里读《不安之书》,我的内心没有丝毫不安。

在《自然之道》里纵情流浪,我的脚步无须挪动一寸。

"我渴望时光能够为我驻留,我想毫无保留地成为我自己"。

佩索阿的梦想，并不张扬；巴勒斯，是我走向大自然的向导。

在这样安宁的国度里，连心跳都是音乐。

你说：野花已开遍原野，王冠都舍弃了所有的领地。

霓虹，也跌进浅薄的深渊。别为我担心，我早已厌倦了灯红酒绿的都市，厌倦了终日在贩卖面具的人。

在大自然这本打开的书里，我擦亮了生锈的眼睛。

那朵像黑夜一样空洞的玫瑰，并非是爱神赐予的骨肉。

（选自《散文诗世界》，2015 年第 6 期）

宋晓杰

宋晓杰(1968—),女,辽宁盘锦人,现居沈阳。著有文集18部。

烟花不是花(选五)

二

等夜!等黑色垂下幕布,干枯的枝丫缀满霓虹。
定向爆破,还原生殖与裂变,几何意义上的群星闪耀。
是谁,居于闪电的中心?
欢呼着谁的夭亡?

三

用剑者死于剑!
暴动。出离。大逆不道。不顺从的人生。
在清凉的夜晚,终于,苏醒。
愤怒。奔赴。攻击。陷阱。极端。颠覆。

凯旋与丧钟同鸣,颂歌与悲剧共生——借破碎而完整,因齑粉而成全。粉身碎骨——原谅它吧,在这个即将沉睡的世界里,独醒。

搭乘欲望号飞船，它看见蔚蓝、浩瀚，也看到意志、愿景、灯塔、蝴蝶的光斑、宽宥的笑容。

……不曾发生。

五

蝌蚪游弋、鸟雀蜂拥。

一个新的战栗，不饰面具……

他陷在逆光的沙发里，薄纱的窗口使夜空的景色有几分朦胧、虚幻。他自制了晴空、王国、后花园，又造了颗颗繁星。

“一个人要隐藏多少秘密，才可以巧妙地度过一生？”

他陷在沙发里纹丝不动。五颜六色的烟花是魔术师吗？他一会儿惨绿，一会儿紫红，一会儿漆黑一团，死死铆住密不透风的夜，如暗物质紧紧抱着隐衷：一个泥塑瞬间成形。

据说，上帝赋予人类七种品质：虔信、正直、公平、善良、慈悲、真实、和睦。是否还应该加上：不念旧恶。

唯有风声呜咽，拖拽着影子，在大街上横冲直撞。

七

没有谁配得上黑夜。

但分明有人穿过隧洞，坐上尖叫的列车，头顶寒星……

璀璨，是错的一面。打破僵局，不要屋顶，也是错的一面。

执迷。尖锐。冲锋与脱缰，在寻找同盟。

天空降下旋舞的天鹅绒，而翅膀，依然在不停地扇动。

八

夜晚降临了，已无恐惧可言。

月清如水，流星飞驰。没有疼痛。云朵缓缓穿行，浮游如洁尘的雪莲。

亲爱的，我要改改我的倔脾气，不说想念，也不暗自啜泣。在深山老林，慢慢修行，按照我们愿望的样子，假装我们都会重生。

取下壁炉旁的火柴盒，我轻轻地抽出一根，仿佛卦像中的上上签。在枝形吊灯下，它是闪电、燧石、跳跃的火种、橘黄的蜂蜜，代替你，有话要说。

好吧，不再苦苦追问：可能的结果……不再追问：当世界还小的时候……

（选自《星星·散文诗》，2016 年第 1 期）

郭 毅

郭毅(1968—),笔名郭川北、郭遇,四川仪陇人。著有诗集《行军的月亮》《银河系》等6部,散文诗集《苍茫鹰姿》等4部。

额 头

临风而立。谁把秋风拂向这干净、宽敞的湖面,吹起细微的浪波。

摆渡时间的船帆,来不及停靠,就被惊涛骇浪淹没了。

那个光洁的,是晨曦的红,如一卷诗书,在吟咏、唱和。

而我这面,响动着雷声,在斜阳的灵宵挂满云帆,直奔天的尽头。

那个同行的女子,在镜前补妆。左旋,右旋,搅动草木香,溢满整个空间。

我惊愕她涂抹的那串,如湖面的早晨风平浪静;感觉那细纹如神化的沟壑,闪耀圣洁、奇妙。

临风而立。谁又能伸出援手,荡平四起的秋风。

一切那么平静。静如狂澜之前的鱼,在纵深烦躁与踌躇。

月夜爬满窗棂,谁在与我细说。用金蔻面膜去修复我的伤痛，用时间的良药，抚慰一路艰辛的山河。

临危不惧。我只能用沉默，在时间里坐守。

每一节山河，都流淌着热爱、灿烂，和无言的歌，给我们适宜的温度。为凸显你，腾出更多的高山和峡谷。

我在这里静候，诵念有关岁月的叩问，如此小心，把握好合适的风度。

临风而立。谁又跟步前来，与这山河一同成熟。

众多攒动的光影，慢的，快的，朝着一个方向，汇聚浩瀚的海洋。

海洋里，有的是滔天巨浪，有的是反复无常。我愿是那处变不惊，于时间的风口浪尖，泅渡到远方。

那个同行的女子，在镜前补妆。她说：时间会慢一点，以白蛇为丝涤，以骷髅为吊坠，佑护去远方。

我抿笑不语。任秋风在这里摇晃。

那边，远行者还乡的脚步声去了。

这边，新垦的河山，在这干净、宽敞的湖面，被秋风包围着，起早就能看见。

（选自《诗选刊》，2014年第7期）

王舒漫

王舒漫（1968— ），女，笔名蕙兰于心，上海人。著有散文集《心岸》、散文诗集《耕云播月》。

酒里流淌的乡愁

秋水，一泓，荡漾着通透的高粱，蛰伏了整个冬季。琥珀色的光辉孕育米粒，激越在长夜的尽头。哦，怎样的芬芳？

那个寂静的黑夜，没有明亮的星星，黄狗熟睡了，酒也熟睡了，透明的香气从外婆的窗口溜出，惊扰了我熟睡的沉梦，豁然而爽无须理由。香软在月影里颤动，于是，我蹑手蹑脚地做了个深呼吸。顷刻，浑身充满着甜润，顷刻转向伟大的梦幻，虚无的芳郁，淡淡的迷着，微醉着，脉脉无语在这闪烁的秋波里沉睡，沉睡……

子夜，深而悠远，时光在旷野中浅浅地纤瘦了。梦深刻，我独抱清幽，心在骨血里行走。忽然，我听见一个声音，轻轻地哼唱着我最熟悉的那首摇篮曲……直到醒来时，时针已指向八月的仲秋，十五的假期，苍白的月亮像一尊雕像，睁着圆圆的眼睛远远地，逼近我的视线，我被它清晰地照耀蓄满泪光的眼……

梦　蝶

梦，一语不发，我听到骨头里的声响……别动，这迷人的梦蝶，轻轻地栖在一茎宽阔的叶面上，仿佛从云间飞来，呀，你这婉约的精灵！

谁最美？时间瞬间敛合，我想到窗台上的四叶草，花非花，但香气一定走得更远，不然，你怎能尾随？莫非……这，斑驳的玉色，蝶非蝶吗？没有盘旋的舞蹈，芬芳的六月，无论是坐着，还是站着，写着，画着，我，谨小慎微，甚至，每一丝眼睫毛都不敢轻易地滑动，怕惊扰到你。一样心跳，就你和我之间，一天，半世纪，匆匆一瞥，你掂起青果色纤细的脚尖……这尘世，白昼深到黑夜，疲惫吗？来，就停泊在我肩上！

宋长玥

宋长玥(1968—),青海人。著有诗集4部、散文集3部(其中一部合著)。

请赐给他太阳的秘密

青海男子独步高地,有飞行的欲望。

有沉默的状态。有攀高的勇气。但他只是向前。

承受八方荒凉而不出一声,他的头顶黑发渐稀,前额广阔。内心一炷火焰,一堵滚滚狂风。

一夜沉寂。

一场大雪。男人。男人。

男人就是太阳天赐于天地的秘密。

现在,暗歌被困在喉管。请听他赞美世界。

生活底部的篇章。请看他选择的词:如果春天沉缓降临。

幸福……铺盖,四十支玫瑰打开舞台。

她的迟疑和决然上升到黎明,太阳的汁液穿过骨头。

把秘密和血液连接起来,大地战栗,男子孤独。

如果他选择感谢,世界啊,他会感谢什么?

母亲的乳房？父亲的大手？女儿的心灵？

或者被弃的黑夜？但他选择沉默。

四十朵玫瑰的绽放和升起。他选择向前。

青海在上

日月轮复。青海男子为十万颗星辰照耀。

他在徜徉，他在一个生命命题下续写良知。

而云端上瞭望河湟的云雀已生忧虑：

这个游荡的男子为何沉默？

落日的金殿至今保存他和太阳的对话：

当我受到隐伏的诱唆者之害，啊，这蛊惑人心的糖果，来自人类。

显然，这个男子习惯于风雪之夜独视青海。

那博大高峨的山体，那苍凉纵横的沟谷，那被太阳的金液涂满了伤口的大陆架，曾经使青海男子惊恐和痴迷。

倘若生活被涂料刷新，良知已被利欲填满，人啊，仅是一具被有机化合物机械排列的组合体。

但青海在上。

大地上敞开的木门涨满了风声，一盏昏暗的油灯使青海寂静和辽远，两三声狗吠已知男人心思。

新近出土的彩陶猜疑：这个男子可是青海的影子？

生命的悬疑如此久长。

远方有雪

入夜。一个男人独坐七楼，

听窗外风雪交加。

……夜行人已没入青海之东，他的马队为父亲召唤，铜色脸因为黑夜只露目光。风雪之夜他只为儿子和道路前进。夜行人头颅前伸，雪入脖颈复化为水沿背脊而下，他感觉那水如母亲之手，他感觉他的命运从水开始直抵江河之源。

独行人直觉生命就是今夜为他敞开的一扇木门。

一盏灯。

一杯茶。

七楼：一个男人听窗外风雪交加。

他为夜行人暗自喝彩。

（选自《青海日报》《诗刊》）

毅　剑

毅剑(1969—　),本名张建国,山东曹县人。著有《毅剑诗文》6部。

向着幸福出发

那些风,该吹过的已经吹过了,没有吹过的,还在属于风的路上。正如——身后的那一场又一场的雨,让你从一个泥泞的日子,走过另一个日子的泥泞。

你在路上,在一条只属于自己的路上。你的迈步,你的抖动,你的伫立与凝望,你的躬身和狂奔,你的忧伤与哭泣,你的呼唤和歌唱……都一直沿用着同一个前赴的姿势——面朝幸福的方向!

那乡下的土屋,没能封埋你最初的梦想;那冰冷的土炕,没能冻结你青春的渴望;那夹生的窝头,给了你坚强的臂膀;那羞涩的表情,藏起一缕金色的琴弦;那片黄土地上一直信任祝福的眼神,在你的心灵深处一直弹唱着人性的善良和生命的倔强。

你明白:幸福在路上,生命的一切也都在路上。

就像登山,总有一些人以为人生最大的幸福在山顶,他们便气喘吁吁,穷尽一生去攀登。最终却发现,他们永远登不到顶,看不到头。因为,他们并不知道,幸福这座“山”,原本就没有顶,没有头。就像一条路,注定没有终点。

是的，就像在登山，另一些人却并不刻意登到哪里。他们只是一路走走停停，看看山岚，赏赏虹霓，吹吹清风，心灵在放松中得到某种满足。尽管没有大愉悦，却在琐碎而细微的小自在中，拥有了一份身心芬芳和自我恬静。也像一条路，所有的终点，又都是始点。

幸福是意义和快乐的结合，在我们生命的所有目标中至高无上，仔细想想，我们其他所有目标的终点，都不过只是通往幸福的起点。

向着幸福出发。挥挥手，我看到了你风中高昂的头颅，一路风尘遮不住你内心的坚韧和挺拔；抬抬头，我看到了你满脸的沧桑，一缕青丝藏下了多少风雨霜雪？不停的脚步，不尽的征程，燃烧着生命不息，奋进不止的火把！

放下庸俗的追逐、贪欲的攀爬。向着幸福出发——用心呵护真情的每一寸泥土，用爱点亮正义的每一朵浪花。

向着幸福出发——让真情的期盼一次次发芽，让人间大爱一次次开花！

那盏灯，一直亮着

总有一盏灯，在你的心头，一直亮着。许多年来，你一直寻找的是这盏灯；你一直仰望的，也是这盏灯。

抵达了吗，还是仍在路上？在一个又一个宿命的港口，似曾相识的面孔，似曾相识的距离，似曾相识的梦境仿佛如昨。洞穿深处的日子，无法掌控的岁月，又似乎尽在掌握之中。

一路的征尘之中，你无处不在的气息，你无处不在的影子，你无处不在的抗争和叹息，像一片又一片绿叶的舒展，又似一朵又一朵花瓣的零落。只有你前赴的姿势，犹如一匹远去马的蹄音，在你的心头一直不停地回响和轰鸣。

一路行走，总有一些鸟儿陪伴着你，你们一起觅食，你们结伴飞翔。许多的时候，你也会觉得自己原本就是一只鸟，命中注定着你的——再苦再累也要飞。

注定放不下的一些东西，注定要放下的一些东西，就像你注定终归要倒下的某个路口，这一切的一切，都在路上。只是你不明白，也无法知道；这些总是一直不停飞翔的鸟儿们，千年后是不是还会飞翔？还会不会像今世今生，总是马不停息地飞翔在一直寻找的路上？

不能停留，也不能预知，虽然时间最终能证明一切真知灼见，但这些只是时间的问题，与你并不相干。没有谁关注你的到来，也没有谁关注你的离去，这些并不重要，你说，重要的是你曾经来过。重要的是：那盏灯——一直亮着。

是的，那盏灯，一直在你的心头亮着。还有什么可怀疑？还有什么放心不下？一切终会归于平静，千年后，注定的擦肩而过；就像千年前，注定的彼此陌生。

没有时间祈祷，抑或忏悔。一切都在路上，正如先哲所说的那样：行走的狗，总会遇到骨头！

没有天荒地老，没有海枯石烂；有的，只是你挺起的脊背，你高昂的头颅，你奔跑抑或飞翔的身影在！

有的，只是你——一路行走，自己是自己的——灯！

（选自《大沽河》，2012 年第 3 期）

庞　白

庞白（1969—　），本名庞华坚，广西北海人。著有散文集《慈航》、诗集《天边：世间的事》《水星街24号》等。

弥　漫

我相信云朵的任何变化，哪怕瞬闪即逝，都是率性而为。比如现在看到这朵云，在天上的生起和消散。

我相信它们的天空已经没有恐惧，而且无比宽容，云朵才会如此坦然，起伏和往返。

起伏和往返的，还有它们交错而过留下的寂静，一直在大地上方漂泊和弥漫，既无处安放，又悬而不决。

黄河老头

一把花白大胡子，满脸深浅皱纹的老头，站在黄河边。

他把白帽子摘下，作葵扇，扇胸。

他咕咕噜噜唱的歌，我一句也听不懂。我叫他，问他，他不理我。我坐下来，看他，望他，他还是不理我。

我拿起一块泥巴向他扔过去，他仍然不理我。

他自顾自地发出的声音，持续迷醉自己。那往上的声音，绑紧，再绑紧；那要命的声音，骤然直上，穿过云霄；那声音一直往上，就像成心跟一直往下奔流的黄河水作对一样。

（选自《星星·散文诗》，2016 年第 4 期）

风　荷

风荷(1969—　),女,本名何桂英,浙江人。著有诗文集《临水照花》《恣意》《城里的月光》等。

我站在桥上

你远远地看过来,可以看到一个剪影。修长的裙子,小腰身,玲珑的蝴蝶骨。

手执着头顶垂下来的一根藤蔓,闪电一样的藤蔓。

我的倒影投在水里。

藤蔓安静,藤蔓分出春天的小枝丫。

闪电安静,闪电分出生命的小枝丫。

我被一团光笼罩。

淡淡的白。

听我说话吧,听一棵老树说话。秋天就是在我和一棵老树小声说话的时候走来的……

秋天给我带来白露,白月光,白色的棉布裙。

我站在桥上。

告诉你吧,我的倒影也在我的记忆里。

三月的蒲公英飞向少年的肩头,六月的荷花闻到了自己身上的香气,九月的桂影儿绰绰,暗香翻过西墙去……

现在，我把自己小心扶正，我站在秋天的桥上。

嘴里轻轻吐出一把词语：小妇人，O 型，天秤座，多愁善感，属相暂时不说，包括年龄。

姓氏很简单，身世很简单，草木们都知晓。

愿望很简单，只想好好地爱一个人，像一朵花爱一只蜜蜂。

有时候想要安静，有时候想要风吹过来，狠狠地吹我的身子几下，好让我战栗或摇摆。

没去想时间是什么形状，生命到底有多长。

走着走着，我就走到了桥的中央，河心的流水在桥下，仰头看我。

蟋蟀在岸边，不停地唤我。

嗯，好想把这些小虫子的叫声，分一半装在一只孤独的瓶子里。

分一半装在我寂寞的口袋里。

我站在桥上，头顶是树枝，光芒，看不见的神……

一座桥，一头连着生，一头连着天堂。

（选自《中国诗人》，2016 年第 3 期）

石桂霞

石桂霞(1969—),女,甘肃陇南人。著有诗集《蓝色发卡》。

你在远方,我已长发及腰

我不叫你亲,也不说出爱。
清晨潮湿且透明,我逆风行走,让长发飞。
已是桃之夭夭,海棠的胭脂红过夕阳。
路旁的丁香花,散漫着细微的紫,谨慎又优雅地流动。

天空时蓝时灰,路在脚下,延伸到午后,时光格外漫长。

风可以慢一些,一根青丝和更多的青丝,有曲水的回旋,也有瀑布的垂直。

可以有三千丈的尺度,临摹夜的深和黑;乘着未曾落上霜雪,乘着藤条般的缠绕,在跋涉中,蔓延到你,所在的远方。

你的目光,终会走进我的目光,随一路浩荡,散布沿途而来的芬芳。

一粒沙尘在四月,面对十里红妆,会显得笨重,会略有迟疑,会沉溺泛滥绿,放弃私奔。

所有肉眼中的静物，它们的心都在动，就像被青春悄悄剥离，已经深感伤痛，却无法找到弥补的配方。

我不叫你亲，也不说出爱。

沿着春光和河流，顺着你所在的远方，我已长发及腰。

在风中，有你目不暇接的浩荡和持久。

四月，深陷雪的溺爱

敛起锋芒，雪有棉花一样的心肠。

谁说我们相安无事呢，它溺爱我，如我溺爱它一样。

它为迎娶四月，占用了我在三月最后的仰视和环顾四望。

诱我，交出心河，港湾和码头，彼此依存和融入。

堪比“胡天八月即飞雪”，可以一朝看尽北国花，已司空见惯。

它替代梨花，比以往更干净，更惊艳。迎着它扑面的花容，顿时被格外清醒的白所蛰。

不是偶然，不仅仅是被过滤，而是有与生俱来的空。

春经历了深深的冬眠，被未间断的三场雨，淋透遍体，带走了世尘，方从湿漉漉的长梦中翻了翻身，犹睡还醒，微吐清气。

突遇大雪，是掩埋，还是毁灭。这频频回眸，久久难舍的顾盼和停留，絮语无尽。

清骨与莲蓉，为重铸另类心境来播春。

人间已如白纸，它在纸上留影，千里与万里，无与伦比；它为凡世留香，清逸、绝尘。

我突然间失忆，忘记了江南，忘记了繁花。只看见雪身体里的血，正随着飘飘而落的翅膀，流淌。

它要以血把春天点燃。

时近黄昏，它停下来。

我看见了火，在地面，在枝丫间跳动，向深处，向远方延绵。

它凋零或化为灰烬，那一瞬，会不会顺着内心的温软，滋生苔藻，还有滑过指间的水滴，回到我的目光里。

如果，三月的风只适合私语，看它缀上裙裾的雪片，只一眼，就能够泊进起伏的涛声。

（选自《大沽河》，2016 年第 1 期）

林新荣

林新荣(1970—　),浙江温州人。主编《中国当代诗歌选本》等10余部。

花的盛开

一朵花悄然盛开。她白皙如柔滑的小手,纯粹,如溪中的雨花石。一路芬芳而来,倚靠在一丛明艳的绿叶间。

须臾,美丽的小头颅,迎着一群彩蝶一瓣瓣曳动。

花蕊在阳光下,竟然有一二点珠玉晶亮。

其实,蕾是讨厌蝴蝶的,只是她没有手。

遥　寄

本该是月亮儿圆满,此时月牙儿像镰刀。

一棵棕榈陷入了缄默。

是否眉毛像过去一样整洁,是否弧线像过去一样优雅,此时是否如期地想起我,一如我时时想起你。

红红蓝蓝的渴盼跃上了中天。

我以月牙儿充饥。

田野里麦苗儿美术。

远处油菜花风景。

外省的阳光下，融融烤我的温情是朋友们的款待。是霓虹灯红红绿绿地在舞场的闪烁。是真诚的河蚌张开。

我以月牙儿充饥。

月牙儿是你私家的邮戳，还是你五官上幽幽的逃兵呢？霎然凝视间，就从我的期盼间跃上了中天。

（如果取下眼镜瞧瞧，竟是蓝色日记的一个新情节，被一朵乌云遮住了）遮住了。

小石路斑驳，人斑驳。

我以月牙儿充饥。

（选自《诗潮》，2017 年第 8 期）

青　槐

青槐(1970—　),本名袁青怀,湖南新化人,定居天津。作品入选多种诗歌年选。

家　园

黑白恒在,浓与淡左右视线的平衡。

我们远眺,在浓淡里孑然独行。

家园,是独行中一幅淋漓的水墨,一次爱的受孕。

我们在浓处窒息,在淡处淹回。留白的那一段段光阴,是柳叶上盈灵的露,汪洋着炼世的香。

爱潜行,亲吻带刺与不带刺的声音,不回避一根草的柔弱,不拒绝一壁崖的坚硬。

用一滴泪敲开水的门,将尘埋进血脉,埋进骨髓。我们一出生便抵达宿命。

家园,是血脉的影,在出生的瞬间苏醒。

亦是抵达的过程。

我们用过程布景,且怀抱整个江山。

与家园对峙,江山,只是一个盆景。

时间在盆影里张嘴,舌尖戳破了家园的隐秘:世相是剔骨的刀，家园用炊烟磨刀，雕出前世的山。以血为水，布景今生的河。

我们是山河里一缕飘过的风，用生死，守候体内世相的影：

燕子牵着细雨，剪开父亲的硬茧，剪出蛩虫的呼唤，剪出一场农事，在杜鹃花瓣上红红火火地烧。

筒子楼与胡同，骑着马头墙在小巷里走。小水沟喂养的苔藓，墨绿的掌心依旧涨满小脚印的疯狂。那些滑倒的脚步，仍然有着童谣的重量。

大海浩渺，在家园的一滴露里荡漾。风吹响渔歌，雨洗亮远望……

草原可以信马由缰。家园是天空闪电的刀，蛇行在母亲的眉角。慈祥青草般泛滥，随便一根，都能封印刀锋的光芒。

风吹草低啊，现出的，是我们的天涯。

天涯行走，一个简单的回首，便窒息了三月的河床。

流水坚硬，轻易就割断了远望。盐在水里燃烧，火焰虚幻的梦境穿透了我，也穿透了我剿杀了一万遍却依然啃食思念的老屋。

在家园，叹息是老屋最终的走向。

将城市装进一声叹息，我们掏出骨髓里的尘，沐月而坐，重回睡莲的内心。

大地苍茫，家园辽阔。

尘埃落定。

（选自《山东诗人》）

宫白云

宫白云（1970— ），女，本名宫秀玲，辽宁丹东人。著有诗集《黑白纪》，评论集《宫白云诗歌评论选》。

煮过的云朵（选六）

一

天就要黑了，血一样的云朵在水里煮着，仿佛只需伸出手就可捞上来，我尝试着，一遍又一遍，破碎也一遍又一遍。我独坐的整个漫长的黄昏也成了流光碎影，一切在灰烬中归于沉寂。黑夜平静了一切破碎，而我相信那被煮过的云朵依然还在水里，我可以感觉到它的气息，我抓我的呼吸到那心上，哪怕只有一次，与我成为一体。

二

煮过的云朵匍匐在尘世里，与尘世同受煎熬。谁将更持久？当无形的面孔遭受雷电击打，必须倾盆，用它们自我的身体。诸多的黑暗熬炙的风暴，在闪电中，在雷鸣里，当云替神说话，千万颗头颅在颤抖。我靠近那中心，抱住如此的颤抖，卑微的肉体帮我卸下沉重的灵魂，黑夜绝望，但我不再会。为了未知的诞生，我已知道该如何去活着。

四

煮过的云朵是人世的白鸽子，在低低的瓦檐诉说，纯洁的理想飞来飞去，到达远方的人并未够到理想。蒙垢的人世，各色的表演，表演各色的变异。纷纷扰扰的贪婪，有多少风流留下风流？谎言、虚伪、冷漠、人性……数不清的门，哪一道通向最初与最终？苔藓疯长，雾霾疯狂，光天化日下，没有谁是谁的主人翁，主人翁的胸膛里都有一颗子弹。而云中的惊雷总在该出现的时候出现。

六

我做梦，我记不起来。但梦里那些煮过的云却清晰可见，就像那些初见但不再相见的人，或者那些死去但不会相忘的人。清晨传来庙堂的钟声，清晰的祈祷就像檐角上挂着的那片煮过的云，神秘振动的声音通向我的弯路，我与江湖之远相遇，感觉到一种存在的方式。也许是自我的设计，我把自己送到他们身边，与他们相对而坐，把尘世举过头顶，仿佛举着活着的理由。

七

煮过的云朵是天堂的云朵，不看而看见，不听而听见，不呼吸而活着，我心头神圣的雪花莲——当生命局促于角落，当恐惧成为司空见惯，当故乡成为异乡，当孤单成为孤苦，当一些不测事发生，当我不知所措，你送出的赐福走向我，越过形形色色的险途，在我荒凉的黎明布光，我从那光亮的领域领回我的信念，曙光里一片翅膀，穷尽我一生的飞翔。

九

我坐在自己的黑发中等待白发苍茫，等待命中的雨水消除一个又一个的干渴，等待时间将我消耗。天光亮了，云朵燃烧着上升，继续它抽象的存在，而灰烬中，天空又将属于煮过的云。我被如此小的巨大所安慰。喧闹的尘世，不该有那么多不被注意的坟。一朵云是所有的云，一滴雨是所有的风暴。当战栗滚过我每一寸肌肤，云朵，为什么是你，上天入水，宗教般虔诚的献祭？

（选自《星星·散文诗》，2015 年第 6 期）

牧 风

牧风(1970—),藏族,本名赵凌宏,甘肃甘南人。著有散文诗集《记忆深处的甘南》《六个人的青藏》(合集)。

暮光里的眼神

我在暮光中翻捡,那遗留在岁月之瓣上的印痕。在微弱的光里凸显出母亲的眼神,透过那双纤瘦的手掌和单薄的身躯,传递着一片内心的暖流。

当夜岚骤起,梨花落满春的扉页,突然就想起母亲望儿的眼神,那沁入骨髓的叮嘱和寄托,早已融化了我心灵暗藏的坚冰。

我涉过落雪的远山,在那张时光镶嵌的底片上,看到母亲风霜磨砺和熬煎的眼神,那么焦虑地怅望着游子的远足。

一切都湮没在年轮的纹理中,多么想隐藏自己脆弱的灵魂。而每当想起母亲的眼神,我瞬间的孤傲和愧疚,在回首中幻化成一条透光的河流。

落座故乡的雪野

独自厮守一片雪野。

在几分寒气的月光下留住一丝慰藉心灵的暖意。鸟儿们已经三五成群地散去，不知今冬它们将栖落在怎样的风景里去装饰别样的天地。

灵魂如出窍的烟尘，不择方向地随处弥漫着，那个与风雪为伍的伊人呢？为何不见她匆匆行走的身影。

选择了冬天作为我远旅的背景，萧瑟的风，冰冻的船一起跌落在今冬我眼眸设置的陷阱里，独自沉闷地呻吟，它们不留丝毫的暖意，其实这个冬天的每一个情节不留温暖。

独坐冬季，我想起了屋前独自迎风玉立的白杨，它们失却了丰腴，留下铮铮铁骨，那高昂的头颅伸向苍穹，目光里没有一丝杂念。

我领略了一份豪气之后，目光触及远方朦胧的雪意。北方的村庄进入了一种特殊的冬眠，人与野犬的喘息濡湿了冬天的童话。

穿越冬季，我与风雪共舞。

九寨离歌

再也难以忘却，那恶魔撕裂美丽的容颜。

人间最美的天堂被夏日之殇，涂抹成暗淡。是强震摧毁了家园，是灵魂失去了温暖。是灾难把这片情感锤炼的美景，无情地抛弃在洪荒时空。

再也看不见你美眸闪亮如星，再也触摸不了你娑婆的倩影。遥远处我听见你沙哑的呻吟，那不再是九寨之恋，是诺日朗受伤的呜咽。

那不是五彩池光的绚丽,是长海硕大的镜面,被惊恐划破沉寂！遥远处人群如浪潮涌动,救援的力量汇成暖流。

寻寻觅觅,烟雨朦胧。

那箭竹海、熊猫海、五花海呢?

一切灵动的画面如云朵被夜的惊悸吹散。

曾经是一场美丽的邂逅。

而今却沉吟一首悲恸的离歌。

张道发

张道发(1970—),安徽合肥人。著有散文诗集《风吹哪页读哪页》《东岗村笔记》等。

真想在月光下站成一棵树

一两只蛐蛐在床拐角叫唤,陪伴它们的有一床松软的月光和一个在月光里想心事的人。

窗口的树叶边枯边落,落下时的轻响,碰得心隐隐地疼。

四周的凉意湿重,贴紧后背,心事便如那一池秋荷,散开的风挡都挡不住。

深夜,月光退到了院落,院墙的阴影堆积,白天走过时,无意间看见那里有一架开花的扁豆,

此时,扁豆花的清香踱过来,月光一样暖我。

推门走出院子,窗下的蛐蛐尾随身后。是的,它一直这样喊我,喊得我耳热心跳。

蛐蛐走走停停,满怀犹豫,直到叫声都融成夜风了,一路银白。

真想在这样的月光下站成一株树,风过,悄然落几片叶子,唉!内心的负荷又轻了几许。

清明回乡

清明回乡，重逢了久违的村庄和田野，身上的浊气慢慢在风中散去。

陶醉在浅浅花香中，母亲在身后说，帮你爷把猪圈修修吧。

高高的云天下，我们爷俩在桃园里干活，几十块红砖砌下来，父亲就呼哧呼哧喘气，一张脸涨得通红。

“爷，你血压高吧？”

“没量过。”

父亲歇在一块红砖上，轻松地应着，用火柴点烟，跟没事一样。

“量量吧，现在好些人有这种病。”

父亲的瓦刀碰在砖壁发出钝钝的响声，他无意间说起邻村的某某，几天前脑出血走了，还不到六十呢。他指指远处岗梁上的新坟给我看，水泥上面的花圈红红绿绿。我淌着汗却浑身发冷。

旁边的油菜地里飞出几只野蝶，粉白的翅膀扇动，南风忽高忽低，捉摸不定，间或有母鸡穿插其间，我们对坐着抽烟，一言不发。

午饭时，父亲照旧喝着白酒，早忘了他的血压。

我委婉地劝着，惹得他一脸的不高兴。唉！劝着劝着，父亲还是喝多了，醉酒中的脸，红得怕人。

手术后的妹妹

手术后的妹妹在门洞的竹椅上晒太阳，阳光下苍白着一张脸，眼神淡定，恍若一朵正在开败的花。

母亲坐在另一张椅子上，手中的针线活不紧不慢。她俩小声说话，偶尔对视片刻，母亲将头侧向窗外。

即将到来的春天里，暗影的地方仍弥漫些许寒意。

与一场生死擦肩而过的妹妹，脾气明显好多了。她一贯任性的大嗓门，此时变得轻柔，手腕瘦细，毛细血管在阳光下透明地蓝，上面布满青紫的针眼。

“还疼吗?”母亲问。妹妹笑笑，用另一只手抚摸针眼，而后无言地凝望天空。

槐树枝丫上两只吵架的麻雀，正纠缠着滚到地上，溅起一团小小的雾。妹妹自言自语，一只猫跳上灶台。

母亲放下针线，将堂屋煤炉上的滚水提开。两把藤椅吱吱呀呀作响，没有言语。

晌午时分，妹夫从街上回来，提着猪腿骨和两条鲜鱼，径直走到井台上。

寂静的云天下，有鸟飞过，鱼腥气漫在小风中，春天已来了吧?

（选自《徽派美文》，2017 年 8 月 8 日）

郑万明

郑万明(1971—),甘肃天水人。作品散见于《诗刊》《飞天》《星星》《北京文学》等报刊。

父亲一生中的三种命运符号

少年时,父亲是一把砍刀。每次上山砍柴,砍刀无比兴奋。砍刀的兴奋,就是父亲的血脉在偾张。一刀砍下去,周身溅起的木屑,像飞扬的玻璃碎片,新鲜、锐利。有时一不小心,会砍掉黑夜的一角。

中年时,父亲是一把镰刀。春天割草,夏天割麦,秋天割雨。镰刀跟着季节跑,父亲跟着日子跑,有时镰刀会割伤时光。那血一样的红,就是父亲丢在黄昏里的叹息。

老年时,父亲是一把锄头。在田间地头,除除草,挖挖土,施施肥。起起落落之间,锄头看上去有些力不从心。有时,锄头碰在石头上,在沙哑的钝响中,父亲的身子,彻底坍塌了。

这时,会有一群鸟,拖着巨大的暮色,从父亲的身子上苍凉掠过。

落日下的祁山堡

在甘肃礼县，祁山不过是一座很普通的山。站在祁山堡，依然有一种兵临城下的感觉。

那浩浩的一万亩麦田，戴上了阳光的盔甲。风一吹，盔甲闪动，万马奔腾，三国的战车黑压压一片。

每每登临祁山堡，恍惚听见诸葛亮撤走时，丢下的千年一叹。

现在，从祁山堡望过去，刚刚淘完米的乡村女子，从西汉水抬起身子，向胡杨林深处的村庄走去。落日将坠。

一群麻雀，飞过祁山堡上空，尾翼上涂满三国旧时光的余晖。

草原艺人

一阵河风，吹斜了落日。一根牛骨头，安静地躺在枯草中。一根马鞭，抽疼石头。一阵马蹄，抛出荒凉。黑夜像一面巨大的丝绸，罩住草原。疲惫的瞎眼艺人，在秋后的苍茫中，愈陷愈深。

左边尕海，右边碌曲。他们是洮河边长大的一对兄妹。恍惚间，似有一只手牵动风的衣角。那是一只从甘南过来的藏獒，朝迷途的草原艺人，伸出阔大厚重的舌头。

（选自《大沽河》，2017 年第 4 期）

娜仁琪琪格

娜仁琪琪格(1971—),女,蒙古族,内蒙古赤峰人,现居北京。著有诗集《在时光的鳞片上》《嵌入时光的褶皱》。

童　话

如果可以,我就退到童话中去,继续做小笨,被柔软的目光宠爱着,被不厌其烦地爱惜呵护着。那些细软的心思如棉朵,我就退回到棉朵中去。我们就可以再次坐在那棵槐树下品茶、唱歌、吟咏。蝉鸣起伏,一个花瓣掉落下来,又是一个花瓣掉落下来。

你说:小笨……

蝉鸣起伏。

淹　没

日晷还在那里,雪花继续飘落;快乐还在那里,木桥、流水、水中的鸟儿还在那里。湖岸的树又葱茏了,荷花很快就浮出了新绿,你还在那里。

我在这里,潮水涌来淹没我,淹没我的还有泪水,尘世的烟雨，昔日的趣语、笑颜、骤然的停顿。

风起，海涛汹涌，撞击着岸。梨花带雨，你喜欢的，你看不见。

胭脂花

我曾向你描述过的胭脂花，开在小篱笆旁的胭脂花，风吹过一年又绽放，秋风再吹就要凋零的胭脂花。

此时非彼时的胭脂花呵，光阴远逝，带走天高水长。

我说：开放正好的胭脂花。

（选自《星星·散文诗》，2013 年第 11 期）

卜寸丹

卜寸丹(1971—),女,湖南益阳人。著有散文诗集《物事》。

安魂曲

那饮水的人走了。
那赐福于我的人,永归夜色。
谁盗取了她的马匹?谁又搬走了她身体里的河流与汹涌?
秋天的白露,打湿了饥渴之唇。
我一声声地唤你,唤你。娘,娘。
我一遍遍地抚摸你的脸,亲吻你。娘,娘。
那瞬间闭合的生。那重新构造的封闭的空间已将我隔绝。
呵,这自诞生日起裹挟的光荣与宿命。
以孝之名。

时间,切断了源头。
那饮水的人走了,只留下苍凉如水。

娘,让我点亮小小的水莲灯给你照路吧。娘,让我用沾满露水的花朵布满你安睡的灵堂。娘,让我将桃枝握在你的手心,尽管你早就拥有驱邪的器物。娘,让我再给你捎上平日里你合体合意的衣裳。娘，此去经年，我将安睡哪里？只能在星光里，静待你回家，顺水路，唤我，唤我。娘呵，尘世多么浩大芜杂，唯你能予我以应答，唯你能唤回我受惊、迷途的魂魄，唯你能安顿苍茫城市楼群中的家。

娘呵，你熟谙世事，唯你通晓一条河流的经脉与走向。

秋天的风吹着我的哀伤。

长歌当哭呵，娘。

长歌当哭。

长明灯，身着宽大黑袍的道士，超度的道场，我谨行一切禁忌。

人子呵，请以一场体面的葬礼，来成全孝顺之名吧，尽管那并非我的本意。

那饮水的人走了，

冥钱飘飞，哀音切切。

沿着河渠，我送你回你的出生地。我一程程送你呵，娘。我是多么害怕，送着送着，你就不见了，你就被秋水带走了。

你是有福的人。你的墓地就在老家的菜园，流水逶迤，大野广阔，风水祥瑞。

毗邻的墓园长眠的是你的父兄，你的娘与叔伯。终日围绕身旁的，都永是你至亲至爱的人。

睡吧，娘。如果你已不想说话。此刻，你神色安详，与梦境相融。

灵柩已从高举的头顶放下。

呵，娘，这如水涌来的内心的哀戚呵！在一层一层堆涌，而成风暴之像。

只一瞬，我们便阴阳相隔。雪落门楣，苍山无言，辞藻之殿猝然坍塌。我四顾而凄怆。

这安魂之地！

这安魂之地呵！

那饮水的人走了呵！一条河流死在她体内。

她带走了泱泱大水所有的倒影。

我顿成无源之人。

我从哪里来？又去往哪里？

她将过去连根拔起，她轻轻舍弃了那映现她的一切。白昼，黑夜，爱。

我将寂静的祭词、高过心灵的五谷归于她的血脉，归于暮秋永逝之夜。

落日下，我或可重新命名一切。

我听见娘在说，永逝即是永生。

流淌吧，孩子。你是一滴水，你，不可复制。

（选自《星星·散文诗》，2016 年第 10 期）

香　奴

香奴(1971—　),女,内蒙古人,现居珠海。著有《佛香》《不如怀念》《伶仃岛上》等。

林中有路

一

这里的一切我都熟悉,只因为白杨长高了,才让我觉得陌生。

麻雀是麻雀的亲人,落叶是落叶的后裔。

空气的寒冷和干燥,迅速索尽我从南方的绿意里带来的水气。

这是最后一朵,西风说。

二

林中有路。这曲折的忧伤里隐藏着盛夏的欢歌。

父亲还未老,在他自己的岁月里,吹着口哨伐木,在朱红的木柜上安装一把如意锁。

母亲一次次从南河舀水回来,一条辫子在胸前,另一条辫子在背后。

林中有路。

三

原来树林很大，有狼出没。没有人走夜路，路上只有月光斑驳。

没有人追究过，这条路通向哪里？到底有多少个出口。

树林，是个谜语，林中的路翻山越岭。

我已经不再等谁。

却有走到尽头的冲动。夜晚来临，我想试试这月光，这哗啦哗啦的风声。

四

我与我相遇，她已经走回来了，她在黑暗里走下山头。

我与她相拥而泣。她青春，喜欢穿白色衣裙，头戴一串铃兰，一直从雨季走到隆冬。

她消瘦。我用中年的宽厚抱紧她，重叠，融化，这深情的人呵。

我知道，林中路，消失了。

而群山连绵，月下，寂静无声。

五

我不想决定什么。

明暗与青黄,都是光阴的事。

我无法决定什么,当我回到故地,只剩空荡荡的荒原,雪花都无法填满这岁月的沟壑。

草木都顺从了草木的宿命。春夏秋冬还会周而复始轮回,只是梦里再没有疾行的离人,踏上荒芜的归程。

这谜底终于揭开。树林已全部消失,再没有,那条林中路。

(选自《北海日报》,2017 年 5 月)

鲁 橹

鲁橹（1971— ），女，本名鲁青华，湖南人。作品散见于《十月》《人民文学》《诗刊》《北京文学》等报刊。

更紧地握紧

我在天坛医院的大门前，看到一棵大树，那么大，开了千万枚的叶子。绿绿的一捧、一团、一簇——那种旁若无人的鲜艳，让我心里发慌，我不得不移开眼睛，不得不强迫自己镇定。

绿色像一个传奇，在天空滚动着，在我的眼前滚动着，一大片的绿像一汪海子，打湿京城的天空，打湿我的眼帘，和我心里不安静的那份急躁。

那么多的人，那么多的人啊，来来往往，神情悲戚，欲言又止，在大树的底部走过。大树看见了这一切听见了这一切，它在风里派出全部的叶子，晃动。

我握紧了身边一枚更青、更柔、更细腻的叶子。

还有一个旺盛的夏。

情人在上游

不经意写一首关于故乡的诗，竟然写了这么雅致的一句：情人在上游。

心里就仿佛有很深的感动：对于家园，一份牵挂一份依恋已是不足，还有那种与生俱来的好深的渴望与期待，生命里最真实最天然的向往。倘若不是这样，又何以寄予如此的厚望。上游的妙处总是大度地善水，善水从上游来，当是满挟着流溢的情怀，当是精神世界里高处地飞翔，当是一脉相承、一衣带水的爱情倾诉。

倘若不是这样，又何以还有丝丝的迷惑。情人远在上游，故乡在梦中若即若离，永恒的归宿是泥土的灵魂的依伴，而故乡是泥土的，异地的思念才这般沉重，千呼万唤，千娇百媚，情人仍在上游。

我且做忠贞不贰的恋人，怀了彻底的纯净的痴爱。想故乡总得携我纤纤的手，总得抚我清瘦的肩，总得任我的泪水，在菜花地里飞；也总得让我的歌唱，打动一河的涟漪……

上善若水。

古人给我上游的情人定义。

情人是我沉默的坚定的家园啊！

（选自《星星·散文诗》，2014 年第 9 期）

熊　亮

熊亮(1971—　),江西南昌人。出版散文诗集《破茧》等。

敦　煌

好想让自己的灵魂飞翔,西域就是方向!

向西,西出玉门关,西出吐鲁番,西出巍巍昆仑。

飞翔的意识,在西域奔跑、滑翔,以及我的飞沙,我的胡杨,我的梦里的驼铃的吟唱……

梦起敦煌。

飞天的端庄,忘却了路途的寂寞与困苦。

艳艳的色彩,幻化的辉煌。

分明看见了古老的神伤。

大漠一样空旷,任由飞天们自由放歌、漂泊或者像白云一样。

梦断敦煌,弦断藏经洞的苍凉。

游牧的骑射,佛国的安详。

千年的宝库,千年的典藏。

轮　台

缘于一匹汗血宝马的战争。

缘于东西方的民族之间的隔绝，轮台，成为一个历史坐标。

西域重镇由此成为西汉版图上一个小圆点。

从此，轮台的风雪诗意了边塞的红旗，羌笛、琵琶音符多了胡杨水乡的萧萧。

沙漠，绿洲。

在这里相互交织，都是大块大块地铺张，炫目，弥漫，肆意。

一个简单的地理名词，灌满了西域的风情。那些古老的遗址，那些被封冻的舞蹈，还有历史的浅笑。

我在胡杨林下奔驰，我在大漠里长啸，轮台东门，雪还在下，酒樽高举！

（选自《大沽河》，2017 年第 2 期）

黎　阳

黎阳(1974—　),本名王利平,黑龙江讷河人,现居四川。著有《成都语汇——步行者的速写》《情人节后的九十九朵玫瑰》。

相思平原

平原的山水,是一种对应的思念。山用高昂的头在寻找那些散落在平原上星星散散的足迹和被记忆踢飞的石子;水在低低的土壤中,寻找融化在田间的雨雪和冰霜,那是他离散的骨肉和分别的血缘。

是了,平原! 那些沟沟坎坎中盛开的花草,是你给游子的挂牵。袅袅的炊烟里,牧童的歌声,是一根遥远的线。村中的角落里,一粒石子都是你留给童年梦境的一把钥匙。一只摇尾乞怜的看门狗,都是你游戏的伙伴。

对了,平原! 你在上学的路上,总是给奔跑的孩子设置一些快乐。让孩子们在树趟里找到一些磕磕绊绊。路是走出来的,盲目的奔跑就是摔倒,是你在幼小心灵中种植的信念。

平原呀,你让一声没有回音的呐喊有了无尽的期盼。其实你听到了,听懂了这些野心勃勃的孩子们,向往飞翔向往着回答的呼唤。

草到绿的时候，你只是轻轻地一抖。家园一下子就风情万种地妩媚起来。平原，你就像最动人最贤惠的女人，给了这些平原汉子收获的欲望，让他们战胜苦难战胜自我，把收获种植在你的胸怀里。让这些期盼，一寸一寸地长大，一点一点地长高。一次一次把勤劳的血汗挥洒在你的面前。

哦，平原！你的笑容和春风一起濒临远方，你的体香伴随秋收的谷香。你热情像夏日的雷雨痛快淋漓，你圣洁如冬日的白雪晶莹剔透。

平原，我的平原呀！你在我的脚步里，你在我的心里。你让我的文字一泻千里字字珠玑，你让我的心无法释怀梦系魂依。

（选自《雪花》，2013 年第 4 期）

堆　雪

堆雪(1974—　),本名王国民,甘肃榆中人,定居新疆乌鲁木齐。著有诗集《灵魂北上》、散文诗集《风向北吹》《梦中跑过一匹马》等。

一个人

一个人。一个人来,和去。一个人活着,死掉。一个人还要想一个人,一个人还要哭一个人。千里荒芜的大野,没有你种下的树,只有从天边流淌过来的野草和一些零星的花,碎石。你说,这时候,一个人就是一个人。一个人在原野上走,不经意的时候,碰响骨头。我们的兄弟,早在千百年前就已经死去。留下骨头,留下血,使这个世界燥热而荒芜,像草水一样汹涌。他们,使石头成为传说,浪迹天涯。凄凉的传说美丽,美丽的传说凄凉。我美丽而且凄凉,但不是石头。石头只是我喊风喊雨时,满坡滚滚的雷声,满坡的话。

长路从那边飘过来

远处的天低。远处的山静。远处的草深。远处野花繁星点点。遥望远方，堆雪倍感亲近。我永远深入不到的腹地啊，我永远也葬不浅的墓地。我永远的家乡，长满麦稞和青草。从那边飘过来的云朵，在我身边停留，在堆雪四周缠绵。使堆雪遥远地怀念并且热爱，使堆雪为一念之差微笑或者死去。从那边飘过来的云朵啊，过路人的衣衫，流浪的心情。使堆雪有幸倾心漂泊，使堆雪有幸遍地浪迹。然后掩手埋掉怀揣的诗歌和种子，埋掉泪滴，埋掉根。大野荡荡，堆雪和石头们偎依，言语。堆雪傍草顺风睡去。幸福的堆雪哟——脚趾和肋缝长出野草。平实的肩头，有鸽子静静栖息。你呀，一千年过去。堆雪醒来，回望过去，大野空荡荡。草们花们石头们汹汹涌涌退去，留下堆雪。留下拐杖的歌声，留下路。堆雪想到家，想家木门虚掩无人，想家小窗紧闭无人，想家铜镜暗淡无人。想家空空，无人想人。流浪的堆雪，只好再次启程。星星很高，月很高，天空地远，远野的篝火覆灭。你想起那个手捧火种的女人，跪拜天地，绾发于指，把梦留给风，留给身后长长的黑夜。你想起个怀揣陶罐的男人，满脸朱砂，一声不吭到老死。长路从那边飘过，你是尽头。

（选自《散文诗》，2005 年第 10 期）

何　文

何文（1974—　），四川天全人。著有诗集《血液里的火》。

草原上的野兔

坚定的素食者，终生只啃食草。

而且坚持不吃窝边草，在这专坑熟人的时代，是多么可贵的品质。心怀仁慈的兔子，因此还被嘲笑。

跑不过鹰的翅膀，就认命了，能逃就逃，能躲就躲。

跑不过猎狗长长的四脚，也认命了，只有能逃就逃，能躲就躲。

跑不过猎枪射出的子弹，也认命了，还是能逃就逃，能躲就躲。

一窟。二窟。三窟。

哪里是什么狡猾啊？是无可奈何地一避再避三避，借助大地的庇护苟活而已。

在这广漠的草原，只亲近那些与自己一样终生信仰草的动物，比如羊，牛，马。它们眼神里透出真正的慈悲与温和。

对于那些叫作人的两脚兽，只偶尔接近未被欲望侵蚀的孩童，以及当了母亲的女人。

即使给了兔子鹰的翅膀，还是用来逃跑。给它嘴里安上锋利的獠牙，还是只啃食草。

因为兔子有一颗兔子的心。

别责怪我总是为兔子辩解，因为生肖属虎的我，在现实里也是一只兔。

（选自《2016 中国年度优秀散文诗》）

陈　亮

陈亮(1975—　),山东胶州人,现客居北京。著有诗集《乡间书》《陈亮诗选》(2008—2017)等。

无人的村庄

乡亲们都到哪里去了?风的茧手逐家去敲那一扇扇昏哑的柴门。那些龇牙咧嘴的狗,那些喊叫着飞上树飞上天的鸡,那些累坏了却只流泪的牛,那些膻气滚滚的羊群都到哪里去了?

种瓜的大叔,善于给人说媒,嘴唇赛剪刀的婶子哪里去了?父亲和母亲哪里去了?门口绣花的小红妹妹哪里去了?庆幸的是那盘碾碎过汗珠血珠,碾碎过骨骼的石碾尚在,却让借问一次次碰壁而返。

一棵棵槐树梧桐树柿子树枣树长着长着怎么就老了呢?一个个人在熟悉得不能再熟悉小路上,在黄泥的日子里怎么走着走着,就突然迷路就走失了呢?一个个羊欢马叫,炊烟茂盛的村落怎么说荒废就荒废了呢?

蒿草没人去理,越发撒野了起来,最后,竟大胆地爬上了屋顶,想站得更高一些,想望见些什么呢,也老了!谁家的宅子又轰然坍塌开来。娘!娘——有人在寂寞的喊。白发的河流,从远方急切逆流而来,又匆匆顺流而去——

老人、笛声、羊和大雪

一只又一只鸟儿自手指间孵化出来了，变形放大，盘旋三匝复盘旋，遂隐向更高更远更寂的苍穹。

这是一个孤独的老人，依旧是抗美援朝时的袄裤，静静地，在一棵歪脖子老槐树下似乎已经睡着，尚只余那几根手指，在缓缓掀开那些抿嘴儿的笛孔，让鸟儿振羽而起。

远处有他的羊群，踱着小草的步子，似乎咩咩吟唤了那么几声，竟然使无边的麦苗儿动了动，像长了几分。

身边的河放慢速度，暗捏了把冷汗，思虑着流经城市的时候沾惹上的污染。

一瓣雪幽幽落下，又一瓣雪幽幽落下，三瓣，五瓣……

世界白了，心，也在变白，变白，从未像今天这样好好地白过啊！是谁都逃不出这种白。

葡萄熟了

葡萄熟着，在野狐狸酸酸的目光里，无人还能去在意。慢慢慢慢地由绿变红，继而就寂寞地紫透了。

一阵写意的风——白裙子，白裙子，飘过去了，若百鸟衔来的那场朝露，被深情的藏腋在那粗藤，那细茎，那阔叶，更多是在那丰硕的穗里，酿出了那酒，那绝色，还有那梦。

葡萄熟了！在既远又近的自然里，在满地鸡毛和蒜皮的生活之外，用寂寞、风声、雨露自我丰满自我酿造着。

等窥视明白了那是什么，舌尖生津的岁月，终于不依不饶的开启了唇齿，滴落下去啦！就要滴落下去，那晶莹。

而记忆却茫然着，听觉也变得愈来愈暧昧，那时不时就发作的疼痛到底是什么啊?

（选自《当代青年散文诗12家》）

牧　雨

牧雨（1976—　），四川简阳人。著有诗集《被世界借走》。

再尊贵的水，也是用来流的

一

下午，我走出某段温馨，出现在综合市场的后门。

坐在护士的身边，停止咳嗽，窗外，鸟没飞，与被抛弃的干果对望；平板车善良地穿过街道，带走 2014 的寓意。

握住流水的人，在赶最后的路，与落叶打着招呼，接着亲人的电话。

给我送烟的那个人，应该从成都出发了，会出现在尘埃后面，露出愤怒的笑脸，会像一个游客，读到我心外那片空地。

吊瓶里面的水，继续注入我的河流。

二

窗外是腊月的街道，没有歌声。

卖苹果的那个人，已经破了嗓子，每一句吆喝，都很艰难。

怀揣梦想的儿子，在旁边，背诵古诗词，用铅笔，与树叶交谈，他们被拘留随处可见的寂静。

我拧着胳膊，疼痛让我明白，腊月不能阻拦的东西，比如：一段打烊的感情，有怨恨的影子，谁也不提在哪家路边店，挥霍过亲昵，在哪首诗步过后尘，谈及葱郁且又丛生的水。

三

我的山中，雨已下过了，正准备下雪。

这时，乌鸦总神经兮兮地带着世界观，飞离低矮的乡村，看见前妻的身影，出现在别人的命中，就勤奋地要把戏，从正道，挽留情感的虚线，弄出的动静，没影响揣满政治的人，骑着单车，去官场，接受报纸的方向。

没影响荣归乡里的人，背着城市，揣回雾霾，揣回洋派的手势，回到家族的账户，用金钱，买下一部分桑田。

也不影响我躺在护士左边，抛弃价值观，虚度村居最好的腊月。

（选自《散文诗》，2015 年第 9 期）

王　琰

王琰（1976—　），女，祖籍辽宁沈阳，生于甘肃甘南，现居兰州。著有《格桑梅朵》《天地遗痕》《羊皮灯笼》等。

九棵树

九棵树到了，一户人家门口清泉流淌，小块田里，绣花一样种了莴苣和豆角，瓜蔓萎了叶子，捧出几只等待采摘的瓜。接着，继续是黄沙。

泉水、九棵树、人家，是每个在沙漠长途跋涉后的人的梦想。

焉耆、疏勒，逾葱岭、大宛、康居、奄蔡、大月氏、安息、罗马……我数了又数，像是黄沙里长出的一棵棵白杨，刚好九棵树。

每一棵从沙地生长出来的树，都有着发达的根系，它们枝叶婆娑，遥遥相望。

匈奴人帐篷里煮的羊肉飘浮着肉桂胡椒的香气。

汉朝公主换下丝绸的留仙裙改着胡服，向往朴素的生活。胡麻花开，淡淡的蓝，透着些紫，像一大群飞翔的蝴蝶围着公主飞。

种下九棵树，再种下九棵树。

一辆辆拉盐的车向前行去，车上的盐并不洁白，因为那暗暗的颜色，那咸也因此变得厚重起来。

远处胡麻花开，几只蜜蜂身揣利剑，像是来历不明的侠客。

风吹乱了朝代。

昨夜，我梦见又去了九棵树。一条长长的绿色长廊陪伴着我，穿越沙漠。

安　西

安西风大。

下了车，站不稳，不住脚地被风吹着走。

婷婷的帽子被风刮走了，她奔跑着追去，一直跑了很远。我压着被风撕扯的衣襟，看成群风力发电机叶轮在呼呼地转着。

那大叶轮想要把安西所有的风都变成电吗？

瓜州安西，安西瓜州，像一个人的两个名字，一个大名一个小名，哪个大来哪个小？

我还是喜欢叫它安西，安西，在风里轻轻地唤它，像是呼唤心底亲爱的人。

有个岔路，是往锁阳城去的。锁阳城建于汉朝，自古便是兵家必争之地，西路红军西进新疆途中最后一战，是在这里打的。满目断壁残垣，掩不尽的刀光剑影，已是草木萋萋。

灰蒙蒙的锁阳城，空无一人，辽阔的城墙，用历史的目光看这一切吧，落日辉煌地赶来，然后匆匆谢幕。

那里曾挂有一大一小两面人皮鼓，脏脏的黄色，敲起来“扑扑”的声音，像有人断断续续地呜咽。

（选自《山东文学》，2017 年第 4 期）

陈劲松

陈劲松(1977—　),本名陈敬松,安徽砀山人。著有诗集《白纸上的风景》《藏地短札》《风总吹向远方》等。

与水相关

一

生命的血脉:

一条河的长度,是所有的黑夜加上白天。

透明的水穿过我的身体。

我是那枚缄默的石头,在最初的守望中,铭记潮起潮落,日月轮回。

水中之石:

谁收走了它坚硬的棱角?

谁还能记起它炽热的前尘?

二

水的澎湃便是血液的澎湃,水的寂寞便是生命的寂寞。

寂寞花开。

绚丽的浪花一朵朵开放,眨眼间便又凋零。

那些水质的花朵就是易逝的光阴呵!

而那些努力摘取浪花和涛声的人呵,为何至今你仍两手空空!

三

大浪淘沙:

那些赤足的,远道而来的孩子,在大水的呼唤中,一张嘴,便吐出了深藏已久的金子。

温柔而又坚硬的水呵,你怎样才能取出我血液及泪水中的泥沙?

骨骼中磷的光芒,那身体内暗藏的灯盏,能照亮我一生多长的水路?

四

大水如歌。

收藏谁一生的波舛?

苦难中绽放的生命便是那朵最美红莲吗?

而命运是怎样一条沧桑的纤绳呵,谁教会我们一一解开上面那些叫作苦难,幸福与梦的结。

白帆飘扬。

那招展的白帆暗合了黎明的颜色。

五

一生的隐喻：

那些阴冷晦涩的浪涛，在一首诗的突出位置，成为一处又一处必不可少的修辞。

险仄的韵脚中，逃不开生命的咸腥与苦涩。

六

水中浮萍：是谁漂泊的足迹？

叩响涛声依旧的颂辞。

谁被一条河放逐成不系之舟，此生无涯？

谁在川上，唱人生之浩渺？

大水如歌。

八万里水面上，五谷飘香，爱情飘香。

七

穿过疼痛的水声，我终将回到水晶的内心。

一滴母性的水，温柔地拂去我曾经的风暴与伤痕。

跟随手臂中的桨声，我终将回到诗歌的内心。

终将回到我流水的家园。

八

那些投身河水的雪花，没有让我看清它们抬高了多少水位。

生命的高度——投身流水，我所抬高的水位，比一片雪花高还是低?!

水做肌肤水做骨骼的雪人啊，谁能帮她从此岸的冬天坚持走到彼岸的春天?

九

水滴石穿：

我就是那滴柔弱而倔强的水呵，而我怎样才能穿透一生石头般沉重的苦难与黑暗?

十

檐雨之叙：

一滴雨下落的过程便是我匆促的一生啊!

在一滴雨抵达地面之前，我必须再次加快自己透明的奔跑!

（选自《散文诗》，2002 年第 4 期）

渭　北

渭北(1980—　),本名李伟,陕西武功人。作品散见《散文诗》《儿童文学》《少年文艺》《中国校园文学》等。

草叶上,落下一只蝴蝶

草叶上,落下一只蝴蝶:

它像一片冰凉的落叶让生命提前失去飞翔的欲望;它像一朵凋谢的花朵,让生命的血液突然间凝固。

蝴蝶,草叶间失去翔舞,枯寂之翅黯然失色。灼热的唇,失去花朵的暗香。身体里埋伏下一整座春天的火焰与花园,瞬间崩塌。

寻觅,徘徊,形单影只。高蹈的生命之翅,宛如风帆,经历怎样的风雨、雷电?

命运的不系之舟,漂泊的生命不堪一击。

你岁月里漂泊的最后归宿,也亦如雪之凄美,冷艳。

蝴蝶,这遽然谢幕的舞者,最后的凝眸也必将哀婉:

展开的蝶翼,久久不能合上。

风举着黄昏悲悯的手指,轻轻翻阅。

这两页青春成长日记里的过往。交错的纹路,闪烁着生命的密码。一抹余晖，给它的蝶衣涂上忧郁的色泽。那眼眸一样幽蓝的斑纹，却无辜的纯真。

蝴蝶，在无法预约的春天里，我只想借你们爱情的典故与传说，在低泣的弓弦上让爱情找到出口，让灵魂翩翩起舞。

草叶上，落下一只蝴蝶，它多像一封没有地址的信件，无处投寄！

（选自《延河》，2016 年第 6 期）

柴　画

柴画（1981—　），湖南永州人，现居广东。著有长篇小说《天堂向左，地狱往右》、诗集《镀金的天空》等。

我心深处的河流

在午夜，月已上屋檐。在梦里一张浑圆的脸。村庄的背后，安详徜徉。静谧约来，一湖池塘。蛙鸣，附近大小群山。山路弯弯。南瓜戴上了月弯、水瓜披一身星光。

半条乳白色的晚烟，一往情深。一棵桂花树把花开在村头，那口已经干枯的古老枯井上。村里有喊归的声音传来，夜以河流的方式，向东。乡亲们在一道沟里，筑建起泥房。在一道坑里，把灯火点亮。

夜色深沉。大山脚下，祖父在昏暗灯下清理劳累以及疾病。太多太多磨难，才说小半，就被奶奶带进黄土大半。幸好父亲习惯了逆来顺受。生活的苦，岁月的伤。心中的苦从不沦落，心中的痛。从不说出，我含热泪，在很远的他乡。那么热那么滚烫！

娘老了

砍剁猪草的刀，很有节奏，既快又准，刀声，“咔咔咔——

咔咔。”

似马蹄奔腾。不停，雷鸣，红薯藤十几担堆放在屋墙角，一刀刀被砍完。

砍出了太阳，砍落了月亮。也砍痛了，煤油灯下的村庄。

漏秋雨的日子，从窗外，总见到娘在堂屋内：一个人沉默，一个人苍老。

白发、补丁几块，蓝色粗布衣服，卧室内，老式的，雕有凤图案的木床，杉树凳子。

娘的背影，以及父亲黑白遗像，像装裱好的镜框。父亲，定格了十年的笑脸。

像过年时，家里做红烧肉，烧红的烙铁，烫得娘干瘪的胸肌吱吱地响。

夜半，我惊醒于这灵与肉被灼的痛里。

我起床，倒一杯热茶给她，与娘，拉拉家常。

离开故乡的日子，漂泊在南方的日子，妹妹的 QQ 头像，总在我上线时一闪一闪。

妹妹留言，说，哥，你不在家时，在深夜，娘总抱着父亲的相框。

坐在木摇摇椅上，有时候睡得挺香，有时候摇到天亮。

娘老了，真的老了，我默默地想，我无语，泪如雨。

空闲的日子我画画她的脸，写写想她的句子，幸福像梦徜徉纸上。

（选自《2013 中国年度优秀散文诗》）

棠　棣

棠棣(1981—　),本名孟令波,河南长垣人。著有散文诗集《蓝焰之舞》等。

游走或者皈依

从一条河到一条河,距离是内心最深的沟壑。

我们,总是把难以实现的称为梦。但比梦更遥远的,其实是心。

握笔的手,同样握得住辫子,握得住阳光和流水。时光匆匆,那朵站得最高的凌霄花,正在吹响冲锋的号角。

我们踩着青石板,辨别天干地支,在天道无常中接榫,让身形手法合辙、押韵。

夜色漫过河流的岸。我们只能选择流浪,在月下,撑起逆风的帆。

明天的事就留给明天,包括追悔、幽思,还有隐在岁月深处的风。

身前,背后,我们把真实的战栗交付于水,在转经筒快速地旋转中,对着落日唱响挽歌。

在夜晚行走

我们把理想别在腰带上，抬头，遥望浩瀚星空。

稻田在月下，摆出残局。蛙声里，我们长缨在手，企图拴住光阴的脚踝。

高粱红过之后，再红的只有朝阳和夕阳。愁绪如流萤，和我们一起的，是骨殖腐朽之后的磷。

当生命的隘口已经翻越，前行的脚步会变慢还是变快？

年月，年岁，年复一年，生命的歌阙在时光的变奏中转向低沉。

夜色朦胧，我们能够从水面捕获流星的美。而隔水的灯火，只是幻觉，只是我们前世遗落的唏嘘。

鬓边的白发斜刺而上，如匕，亮着醒目的寒光。

为了打破出发之前就已设好的局，我们从生命的期许开始。身前，逝水东流，水边的期待犹如摆渡的船夫。

我们是心怀梦想的人，为着自己和他人，抛下所有名分与纠结……

拯救或者逍遥

横在眼前的是断云。

我们从长堤走下，一河杳渺的粼粼打捞着时光的伤痕。

在这个夜晚，所有的往事都已雪藏。我们就像做了一场梦，在梦的结尾，我们失去了纯正的血统。

所有的文字都可以用来赎罪，我们背负弑神的罪名，在生命的版图上，日夜不停地行走、冥思、救赎。

逍遥是在疼痛之后的。我们扔掉折断的翅膀，在暗夜，借微弱的星光舔舐伤口。然后，用神圣的诅咒镇痛、抚平内心的波涛。

在路走到尽头的那一天，转动的经轮依然在风中转动。我们凿去文字的雕饰，只保留内心的虔诚。

远方，异化的水吞噬着善与恶的欲念。我们在岸上，频频念诵祈祷的经文，让善念在恶欲的滋养下圣洁地开放。

（选自《山东文学》，2016 年第 3 期）

徐 源

徐源（1984— ），贵州纳雍人。著有诗集2部、散文诗集1部。

阳光媚

从今天起，我将把冬天的故事，重新铺展，晾晒在绳子上。

我将打开窗户，接受新鲜的爱情。

从今天起，我将把脸洗净，看花朵开放。我将梳理头发，让草嫩绿，风拂过，它们整齐地成长。

我将站在十字路口，微闭双眼，舒展双臂。

从今天起，我将做回一只鸟，停在你的枝头，像一座小小的神秘的城堡。

忆老屋

显得倾斜和萧条。你老了，你的沉默让我不敢开口。

二十四年，我的欢乐挂在窗口。风吹来，沙沙直响。

一些忧伤在灰暗的墙壁，慢慢凸现。花瓣里慈祥的脸孔，盼望着。

我走时，你蜷缩成一滴小小的泪，在敏感地，欲滴不落。

一只白鸽在宁静的村庄，它看见我凝滞的脚步和彷徨的内心。

许多年后，我在纸上画下山水，牛羊的叫声和鸡狗的争斗。

庄稼在风下成长。我画下你的面容，画到门前的小路，笔尖颤抖。

画到亲人蠕动于时空的身影，他们活得幸福，我却泪流满面。

老屋！我把你折放在胸前的衣袋，在远方行走。

你老了，我的胸口疼痛。一盏煤油灯，曾经照亮我飞蛾般的理想。

挽　歌

早晨霜起，染白乡土。牛羊在高高山头，用舌头舔吸天空的蓝。草是秋天的墓碑，风在上面雕刻虫子的名字。

偷窥大地的丰腴。

梦见河流的人，铺平苍茫的高原。他的幸福有多少，沉默就有多少。最后一穗高粱，像最后一个游子。最后一场燃烧。

我关掉额头上的窗户，不被时光收买。

浪漫的事，比如我站在面前，你已不再认识。

（选自《阳光里的第七个人》，吉林出版集团出版，2015 年 9 月版）

左 右

左右（1988— ），陕西商洛人。出版诗集《我的耳朵是一座巨大的寺庙》等8部。

月河上的卜辞

我无法不眷恋，月亮像水葡萄，一样晶莹的爱情。

月光在河岸，轻轻抚摸我们金黄的影子。

风，吹绿了草的芳心。

仿佛它们的身和影，在一起很久很久了，甚至比一条河流一支传说，还要久远。前一世它们分离，这一生它们相聚。沙滩上留下的脚印，由深变浅，那是时间抹杀历史的罪证。这些无辜的证据，最后被河水、流沙、清风、过客的记忆……收藏，沉没，销声匿迹，从有到无，成为另一支与月老有关的传说。没有人会知道，爱情的下一站，重逢还需多久。

河岸爬上一只念经的老龟。它的龟壳，记载着一阵婆娑不息的诗篇。

比如风。风的诗篇，惹哭了许多深情的草木姑娘。它一篇篇翻过流沙，火光的皮肤，是一封默契的情书。

比如火。火焰也是夜晚的默片。时而平淡，时而低落，时而激烈，时而熊熊。黎明意味着剧终和尾声。

远旅的人啊，请将你的心，平躺在沙滩上，用干净的月河水与永恒的月河风，扫一扫，晾一晾，再把情书从肾脏里掏出来，在篝火下洗一洗，唱一唱。

所有饱含余温的黎明，都是一夜前途未卜的卜辞。

麻地湾上空的花裙

传说还在桑树的手掌之外。

风，一阵阵东，一阵阵西，翻动院墙上昨日被雨水刷洗过的砖瓦。旷日持久的荒草，大火烧尽之后，融入大地，化作密不透风的苞蕾。星星草睁开眼睛，风轻轻吹，仿佛就忘记了上一世旷日持久的情仇。

每一朵花骨是大地点亮的五颜六色的灯盏。它们照亮蝴蝶与野蜂的孤独，它们喂饱蚂蚁和蝈蝈的理想。

春天的裙子，养着一屋子食客。它从不拒绝食客们的忘恩负义。在每一天，被马蹄和脚步蹂躏的日子，石头总是忍着坚硬的疼痛。

断崖上，矮小的草丛，总是偏安于孱弱。

（选自《延河》，2016 年第 6 期）

张　元

张元（1994—　），甘肃兰州人。出版著作多部。

时光书

我已经随着时间的流逝，度过了岁月无数的沧桑。

我路过了一路千难万险的崇山峻岭，终于在风平浪静的夜色中如约而至，这些年复一年的出发，从没有让我学会向生活苟同，也没有习惯向世俗妥协，我曾颠覆了整个世界，也只是为了摆正我存在的倒影。

我要在天空中徜徉，努力追寻白云深处的最后一缕阳光。

落日点灯，长亭古道，望眼欲穿我却再也看不见离人回转。

记忆是被一笔一画勾勒出的似水年华，渲染出满目星光的岁月。所以，我要时刻保持清醒，在每一场风花雪月之后还能保持着微笑。

我用文字代替了言语，想在阳光下，写出那些想在黑暗里表达的词语，却总是轻易就被往事击溃，那种内心的沉默，囚禁了一个人的野兽。

平行线从来不会有交点，但却可以在悄无声息的纸面上互相陪伴，而我们曾有过的相遇，终究换上了一层念旧的轻纱。

我在这寂静的时光里，漫无目的，却又满怀期待地等待着孤独打马而过。

从此我只有我自己，在落叶飘零中，独自起舞，在情思漫天里，一个人长眠。

无限事

那是清醒之后的黎明，在生活的边缘发现了漫长。

我们十指相扣的拥抱，一点一点的感激，就像北极熊的眼睛，温柔的辽阔。

那些傍晚的乌云，像极了未洗过的忧伤，躲在记忆里的白云呈现出了七彩的颜色，轻过了三月的露珠。

成长，从来不会是一个人的负担，无论他经历过多少的灯红酒绿，如果没有精神的依靠，那都只会是内心虚构的无数孤独。

时间的风刮起记忆的海，卷起层层巨浪，也会卷起记忆深处的波涛，那些过往在我的脑海闪现时，敏感又倔强。

我们分开太多了，结局有了太多的意外，那些偶然间闯入的故事，突然就能听出眼泪，而不知所措。

可以在白昼的黎明中，看得见乌云。

在黄昏的黑暗里，听得见江河。

往事如轻烟，轻如风，淡如水。

（选自《散文诗世界》，2017 年第 4 期）

跋

多说几句话

王泽群

抖起胆子决定组织一个民间团队,来选编《中国散文诗一百年大系》,是因为五十几年的笔耕墨耘,深感一百年来中国的白话文写作,因为民族所遭受的苦难、国内外战争、极“左”思潮的影响等,其有关文学艺术的各种题材与体裁,都很难梳理出一个比较正确的,能表现出这一百年道路的文本来。小说、诗歌、散文、杂文就不去说了,即便影视、戏剧、曲艺、歌曲,要用一种历史的眼光做一裁定,也相当难。

散文诗却不同,这个与白话文运动几乎同时兴起的文体,一百年来,从鲁迅的《野草》,到当代的许多名家、大匠的散文诗集,一直在中国文坛的边缘上,有些寂寞且踬踬颠颠地顽强生长着,繁衍着,变革着,前进着……它虽受到世纪风云大的影响,却仍然保持着一代又一代人的执着探索,翻新,求真,求善,求美。这大不容易,大不容易却走了过来,值得研究探索。

于是,便联系了同道,决定做这件不大不小的事。

感谢年逾九十二岁的耿林莽先生。

耿先生在改革开放之始，便致力于散文诗的创作与研究，并利用《青岛文学》《散文诗》等杂志的平台，提携、引领了一大批年青才俊一起前行，为当下中国散文诗的繁荣、发展，立下了不可小觑的功绩。正因此，青岛的散文诗创作队伍，不仅一直壮大着，且涌现了一批在国内外都有影响的大匠名家。放眼望去，青岛的这个散文诗平台，是有相当高度、相当规模的。

于是，我们基本以青岛的散文诗优秀作者为骨干，兼也聘请了我们认为在散文诗的探求创新方面，有想法、有成就、有影响的外地优秀作者，组成了这支队伍。虽然，好多高手名家，我们没请到，但散文诗的园子很大，或一枝独秀，或百花盛开，都是当今的春色。

我们的想法很简单：做一次"梳理"，使这套《一百年大系》既可做观赏卷，也可做研究卷，甚至可以当作一种工具书。

想法有点儿大？

然也。没有大的想法，哪有小的成绩？

鉴于这是对散文诗一百年的回望，我们的"选编原则"是前粗后精，即尽量把早期的作家与作品都收录进来，亮给今天的散文诗爱好者把玩、赏读、学习、借鉴；而近三十多年，由于散文诗作者队伍的蓬勃壮大，散文诗作品呈现出百花齐放，花色纷呈的特点，我们在选录作者与作品时，就必须多下一些功夫，争取把当代的散文诗名家、才俊和他们的代表作尽量选出来。这就必须精挑细选。当然，不可能"挂一漏万"，但也绝对不可能不"挂万漏一”。

敬请散文诗作家和读者诸友理解，宥谅为盼。

“百花齐放，百家争鸣”，早在两千多年前我们老祖宗就提出来了。

但除了春秋战国那一个不短也不长的时代，这种哲思理念因为各路诸侯与“王”们的争打不闲，曾经普盖了众生。其他时间里，它几乎真的只成了一种哲思理念，甚至只是一个口号。

有心的读者可能注意到了，在《一百年大系》的总序中，耿林莽先生认真地对散文诗的诞生、成长、发展、繁荣，做了精准概括的表述、分析、总结。同时，各分集主编撰写的《序》则尽量地体现、实践着老祖宗的这一哲思理念。

当然，我们做得并不好，良莠不齐。但我们试着在做，努力在做。任何事情，总得有人在做，才知道它好，或是不好。

我们也等待着各路的批评与指教。“活到老，学到老”，也是老祖宗留给我们的一种永远不死的哲思理念。

在我们这个民间团队——十人中已有六人正式退休——决定一起合作编辑《中国散文诗一百年大系》的时候，青岛市文联党组书记魏胜吉先生，青岛荣德文化传媒集团董事长郭胜森先生，中国散文诗终身艺术成就奖获得者耿林莽老先生，在精神上、方向上、资金上，都给予我们强有力的支持。在此，一并真诚感谢。

尊敬的朋友们，没有你们，也就没有这一部《中国散文诗一百年大系》。泽群代表所有同道鞠躬。

图书在版编目(CIP)数据

中国散文诗一百年大系. 7, 云锦人生 / 霜扣儿编
. — 青岛 : 青岛出版社, 2019.10
ISBN 978－7－5552－8416－1

Ⅰ. ①中… Ⅱ. ①霜… Ⅲ. ①散文诗—诗集—中国—现代②散文诗—诗集—中国—当代 Ⅳ. ①I226.6

中国版本图书馆 CIP 数据核字(2019)第 167174 号

书　　名　中国散文诗一百年大系
本册书名　云锦人生
名誉主编　耿林莽
主　　编　王泽群
副 主 编　韩嘉川　栾承舟
本册主编　霜扣儿
出版发行　青岛出版社(青岛市海尔路 182 号,266061)
本社网址　http://www.qdpub.com
责任编辑　杨成舜
特约编辑　曹红星
照　　排　青岛新华出版照排有限公司
印　　刷　青岛国彩印刷股份有限公司
出版日期　2019 年 10 月第 1 版　2019 年 10 月第 1 次印刷
开　　本　16 开(710mm×960mm)
印　　张　24.75
字　　数　260 千
书　　号　ISBN 978－7－5552－8416－1
定　　价　599.00 元(全八册)
编校印装质量、盗版监督服务电话　4006532017　0532－68068638